LETTRE
A MONSIEUR
DE FONTENELLE,

Contenant un parallèle en abrégé de la Tragédie de VENISE SAUVÉE,

Avec LA CONJURATION DE VENISE *de* S. REAL,

La Tragédie de MANLIUS CAPITOLINUS,

Et la Piece Angloise D'OTWAY.

A PARIS,
De l'Imprimerie de BALLARD Fils, rue S. Jean-de-Beauvais, à Sainte Cécile.

M. DCC. XLVII.

AVEC APPROBATION ET PERMISSION.

LETTRE A Mr. DE FONTENELLE.

MONSIEUR,

UN ſuccès brillant eſt un écueil bien dangereux pour l'amour propre d'un Auteur, & s'il ne le rend pas témeraire, il eſt bien rare qu'il n'en devienne tout au moins un peu préſomptueux. Cette maxime vous eſt inconnue, parce qu'on ne connoît point ce qu'on n'a jamais ſenti, & que vous avez de tout tems, malgré tant de triomphes réitérés, ſçu mettre d'accord la gloire & la modeſtie, celle-ci ſemble étre l'appanage excluſif de votre famille, elle fait plus, elle s'y montre toujours à côté du génie. Vous étes de ces Tréſors (quelqu'un l'a dit avant moi) que la nature avare ne produit qu'après avoir mis, à les former 17. ou 18. cens ans, encore je ne ſçai ſi l'on ne pourroit pas appeller de ce calcul; car nous ne voyons parmi les plus beaux ſiécles de Rome, aucun tragique dont la comparaiſon n'offenſe le grand Corneille. Pour vous, Monſieur, duſſiez-vous vous en fâcher, & vous vous en fâcherez ſurement, j'ai beau remonter plus loin, je ne vois rien qui vous reſſemble, je rencontre en mon chemin un Philoſophe, un Aſtronome, un Phiſicien, un Poete, un Orateur, un homme galant, un ſage; mais je ne trouve point comme chez vous, tous ces hommes-là dans un ſeul. Vous étes l'homme univerſel, l'homme de tous les ſiécles, de toutes les ſciences, de tous les âges. Mais entre tant de belles leçons qu'il y a à puiſer dans tout ce qui eſt ſorti de votre plume, j'avoue que j'ai toujours conſervé une tendreſſe ſinguliere pour vos reflexions ſur la Poetique. Elles m'ont paru ſuffiſantes pour ſe paſſer & d'Ariſtote & d'Horace: vous les avez puiſées dans la même ſource qu'eux à la vérité; mais vous nous avez préſenté les vôtres ſous une face ſi naturelle & ſi ſimple que le cœur humain s'y reconnoît ſans peine, & que l'eſprit en ſaiſit auſſi-tôt l'évidence & la netteté. Ce ſont donc ces memes reflexions qui me ſerviront principalement de guide dans l'examen que je me propose de *Venise sauvée*, comparée avec les ouvrages sur le même sujet qui l'ont précedée. M. de la *** comptant, & avec raison, sur l'accueil favorable que le Public a fait à son Livre, en prend occasion de relever le mérite du génie Anglois, pour ne nous laisser que le second rang. Il ne cesse de nous donner sa traduction comme une excellente pierre de touche très-propre à bien apprécier les ouvrages de Théatre de quelques-uns de nos Poetes, & à en démêler le Plagiat. Qu'il ne soit donc pas surpris, si le même zéle qui l'anime pour ses originaux, nous arme à notre tour en faveur de notre litterature, & si aux vols dont il accuse nos Auteurs, on oppose les imitations dans lesquelles il est tombé lui-même sans s'en appercevoir. Vous serez, Monsieur, le témoin & le juge de nos débats, juge aussi moderé qu'impartial, même dans une cause qui devient la vôtre, puisque c'est celle de votre nation, juge enfin cher & respectable à celui de tous les peuples qui sous prétexte de ne sçavoir pas servir, sçait le moins respecter.

S. Real se présente d'abord incontestablement comme le premier Auteur du morceau d'histoire qui a donné lieu aux trois piéces que je vais éxaminer. Que ne puis-je me dispenser d'entrer dans le détail où m'engage l'extrait de sa conjuration, du moins pour ce qui est relatif aux Tragédies dont il s'agit, & l'extrait de ces mêmes Tragédies, que j'abregerai, s'il m'est possible. Mais il me paroît indispensable pour éviter des raisonnemens infinis où me jetteroit une analise trop éxacte, & je crois en même-tems que c'est la seule maniere d'exposer nettement à vos yeux les materiaux nécessaires pour résoudre cette espece de problême.

Vous avez vû, Monsieur, dans l'histoire même, comment la jalousie & l'ambition avoient fomenté dans le cœur des Espagnols le dessein de s'emparer des Etats de Venise, & combien le Marquis de Bedmar l'un des plus grands génies de son siécle, & leur Ambassadeur auprès du Sénat, s'étoit ménagé de moyens & de ressources différentes pour parvenir à l'éxécution ; il avoit profité des véxations du Sénat, dont la guerre des Uscoques étoit le prétexte, & des plaintes du peuple, caressé les uns, protegé les autres, fait des présens proportionnés au goût ou à l'avarice de ceux à qui ils les destinoit, semé de l'argent à pleines mains à d'autres que la misere accabloit, mais dont l'état, l'esprit ou le courage pouvoit servir à son entreprise, brouillé, raccommodé les familles, plaint ceux-ci, irrité ceux-là, mis des ouvriers & des gens à lui, au Palais de S. Marc, au Rialto, & sur les galeres, dans les troupes, & dans tous les quartiers de la Ville, fait placer des artificiers à l'Arcenal, & à la Procuratie, entretenu des relations & des intrigues secrettes chez presque toutes, mais sur-tout chez les plus fameuses Courtisanes, femmes peu respectables, mais fort respectées, & en grande considération à Venise, où le Sénat s'en sert pour tirer le secret des étrangers qui vont presque tous chez elles ou par curiosité, ou par un autre motif, & qui y logent quelquefois. Que ce ne fut néanmoins qu'après toutes ces mesures prises, tant au dedans qu'au dehors, où il s'étoit assuré du Duc d'Ossonne, & du Gouverneur de Milan qui lui tenoient des troupes toutes prêtes à marcher au premier coup de sifflet, ce ne fut dis-je, qu'alors qu'il s'ouvrit d'un si vaste & si terrible projet au Conseil d'Espagne. L'esprit & la vigueur de Charles-Quint & de Philippe II s'étoient un peu amollis dans ce Conseil; Philippe III leur successeur, étoit un Prince doux, & dont le naturel paisible tenoit presque de la molesse; son Ministre & son favori le Duc de Lerme avoit à peu près les mêmes inclinations, cependant la perspective d'un projet qui tendoit à l'arrondissement d'un des plus beaux Etats de la terre, ne pouvoit qu'éblouir l'héritier de Charles-Quint. On l'adopta en partie, avec cette seule restriction à l'Ambassadeur de s'y comporter de façon qu'on pût le désavouer en cas d'accident. Le Marquis de Bedmar n'attendoit donc plus qu'une occasion favorable, il s'étoit servi jusqu'alors d'un vieux Gentilhomme François qu'il avoit connu chez l'Ambassadeur de France : le choix de Bedmar, & la grandeur du projet dont il avoit cru pouvoir lui confier la conduite, font seul l'éloge de cet homme, il s'appelloit Nicolas de Renault. Voici le portrait que S. Real nous en donne.

» Quoiqu'il fût extrêmement pauvre, il estimoit plus la vertu » que les richesses ; mais il aimoit plus la gloire que la vertu, & » faute de voies innocentes pour parvenir à cette gloire, il n'en » est point de si criminelles qu'il ne fût capable de prendre : il » avoit appris dans les écrits des anciens cette indifference si rare » pour la vie & pour la mort qui est le premier fondement de » tous les desseins extraordinaires, & il regrettoit toujours ces tems » célebres, où le mérite des particuliers faisoit la destinée des Etats, » & où tous ceux qui en avoient, ne manquoient jamais de moyens » ni d'occasions de le faire paroître.

» Renault, ajoute S. Real, se tint fort obligé de la confiance de » l'Ambassadeur, l'âge avancé où il étoit, ne le détourna pas » de cet engagement, moins il avoit à vivre, moins il avoit à » risquer : il ne crut pouvoir mieux employer quelques années » qui lui restoient qu'en les hazardant pour rendre son nom im» mortel.

Ce même Renault venoit de négocier avec le Chef des Hollandois qui se trouvoient oisifs au moyen de la trêve ; ce Chef lui en avoit promis un certain nombre sur un assez vain prétexte ; on attendoit tous les jours de Naples la petite flotte & les barques destinées au passage des troupes qu'on devoit introduire à Venise. Tout étoit prêt à Lody pour l'escalade de Crême, Ville de Lombardie ; un vieux Major Italien devoit d'un autre côté livrer Maran, place forte, située aux confins de l'Istrie, pour donner entrée aux Uscoques & à l'Archiduc, si l'on étoit obligé de les appeller, & pour servir de retraite à la flotte, en cas de besoin. De sorte que le projet visoit à sa derniere perfection. Jusques-là le Marquis de Bedmar ne s'étoit fait connoître qu'à Renault, Renault à un certain nombre de Conjurés, & ces Conjurés encore à d'autres sous-divisés à l'infini. L'Ambassadeur auroit bien voulu laisser les choses en cet état, mais toute réflexion faite, il crut qu'il étoit tems d'aboucher avec Renault l'homme du Duc d'Ossonne, il fut fort étonné de les voir s'embrasser, & d'apprendre par là qu'ils se connoissoient. L'Ambassadeur n'hésita pas un instant à croire qu'il étoit trahi ; ses craintes néanmoins ne furent pas de durée ; ces deux amis lui donnerent bien-tôt des preuves & la certitude du contraire. Mais pour revenir au Capitaine Jacques Pierre, c'étoit bien le Normand le plus merveilleux dans son genre que votre province, (vrai pépiniaire de grands hommes,) ait fourni jusqu'à présent, c'étoit, à le bien nommer, le Neptune de la Méditerannée, & l'oracle de la Mer. On n'appelloit jamais de ces décisions, & il y avoit toujours un profit certain à tirer de ses conseils ; à la science de son métier, & à un courage au-dessus même de celui qui y est attaché, le Capitaine joignoit au suprême degré le mérite & la promptitude de l'éxécution ; vertu presque indispensable pour faire un grand homme en tout genre. Il avoit les mœurs polies & séduisantes, & la barbarie de son état, n'avoit point passé dans son ame ; la douceur d'un commerce aimable le faisoit souhaiter des Grands & des Souverains, non seulement pour leur servir de bouclier contre leurs ennemis, mais même pour en faire leur ami. Le Duc de Savoye, le Duc d'Ossonne, l'Ambassadeur d'Espagne, & la République de Venise se l'arrachoient à l'envi par des négociations en forme de Traité. On vit une preuve bien éclatante de cette estime, lorsque le Duc d'Ossonne, qui se méfioit de tout le monde, envoya Spinosa à Venise pour épier sa conduite, & que le Capitaine l'ayant déclaré au Conseil comme un Espion du Duc d'Ossonne, parce que c'étoit le seul expédient pour sauver la conspiration, Spinosa voulut accuser Pierre à son tour, le Sénat ne le fit pas moins étrangler & noyer secrettement, & loin d'avoir égard à sa déposition, donna du commandement au Capitaine, qui sortit contre les Uscoques ; c'étoit le moment de se signaler ou jamais, aussi n'y manqua-t-il pas. Pierre fit des prises si considérables, qu'à son retour *on ajouta onze navires à celui qu'il avoit déja*.

Renault & le Capitaine, depuis que l'Ambassadeur les faisoit agir conjointement, se trouvoient plus souvent chez la Courtisane où ils s'étoient connus d'abord ; ils conféroient avec les principaux Conjurés que le Capitaine avoit logés chez elle, » l'estime & l'amitié » qui avoient succedé à l'amour qu'ils avoient eu pour cette femme, mais beaucoup plus la connoissance qu'ils avoient de son » avanture, leur fit croire qu'ils ne pouvoient mieux choisir. » Elle étoit d'une Isle Grecque de l'Archipel, & d'une condition aussi noble qu'on puisse être dans un pays de la domination de Venise sans être Vénitien. Celui qui y commandoit pour » la République l'ayant débauchée sous de grandes espérances, » avoit depuis fait assassiner son pere, parce qu'il vouloit obliger » ce Vénitien à tenir ce qu'il avoit promis. La fille étoit venue à » Venise, mais inutilement, & cette poursuite ayant consumé le » peu de bien qu'elle avoit, sa beauté répara sa misere comme elle » l'avoit causée ; il n'est point de ressentiment si violent que celui » d'une personne bien née qu'on a réduite à faire un métier indigne d'elle ; elle aprit avec ravissement le projet de ses deux » amis, & elle risqua toutes choses pour le favoriser.

C'eſt dans cette intention qu'elle avoit loué une des plus grandes maiſons de Veniſe, où elle ne fit porter qu'une partie de ſes meubles, ſous prétexte qu'il y avoit des réparations à faire, au moyen de quoi elle conſervoit toujours l'ancienne, & ces deux maiſons étoient fort commodes pour les aſſemblées ſecrettes, & les préparatifs néceſſaires à l'entrepriſe; il paroît même que cette belle perſonne étoit une des plus zelées Conjuratrices. Le ſilence obſtiné qu'elle garda pendant plus de trois ans, doit être mémorable à ſon ſexe, à qui l'on s'eſt fait une habitude de reprocher la foibleſſe oppoſée, il eſt vrai que tout eſt poſſible au reſſentiment & à la vengeance, témoin cet exemple incroyable où ce ſexe qui ne ſemble fait que pour la tendreſſe, ſervit d'inſtrument à la cruauté, je veux parler du maſſacre des Danois par les femmes Angloiſes, arrivé au commencement du onziéme ſiécle. Que conclure de tout cela, Monſieur, ſi ce n'eſt que pour trouver un frein à nos plus violentes paſſions, il ne le faut point chercher ailleurs que dans nos paſſions mêmes.

Cependant le Doge de Veniſe étant mort, & le Sénat ayant nommé pour lui ſucceder Antoine Priuli qui étoit au Frioul, ce changement ſembloit fait exprès pour une révolution. Les fêtes que l'on préparoit à ce nouveau Doge abſent, pour ſon entrée, alloient atirer à Veniſe une multitude innombrable d'Etrangers, & l'on pouvoit ſans craindre les ſoupçons, y faire entrer des troupes de terre ferme dans les brigantins & les barques couvertes, ce qui fut fait en attendant le ſecours du Duc d'Oſſonne.

Il ne s'agit donc plus alors que de regler l'ordre d'éxécution auquel les trois hommes merveilleux dont je vous ai parlé, Monſieur, ſçavoir le Marquis de Bedmar, Renault, & le Capitaine, donnerent la forme qu'on peut voir détaillée dans S. Real même; c'eſt un des plus beaux endroits de ſon Hiſtoire. Otway en a profité dans ſa Tragédie, & l'a preſque tout mis en action; mais comme les Auteurs que je me propoſe principalement de diſcuter, & qui ont après lui traité le même ſujet, n'ont pas ſuivi ſon exemple, permettez-moi de vous renvoyer à leur ſource commune: on ne peut ſans étonnement conſiderer tant de prévoyances, de ſoins, & de vues: croiroit-on qu'un ſouffle de vent eût rendu toutes ces précautions inutiles? C'eſt pourtant ce qui arriva, la tempête diſperſa la flotte du Duc d'Oſſonne, & la mit hors d'état de ſervir de quelque tems, il fallut donc renvoyer encore l'éxécution à la fete de l'Aſcenſion. Enfin la veille de ce jour qui devoit être ſi funeſte aux uns, & je ne dirai pas ſi glorieux, mais ſi intéreſſant pour les autres, arriva. Tous les principaux Conjurés s'étant aſſemblés chez la Grecque, Renault fut chargé de haranguer les Chefs; après leur avoir rappellé l'état préſent de leurs affaires & divers points qui avoient précedé:

„ Voilà mes Compagnons, *continua-t'il*, quels ſont les moyens „ deſtinés pour vous conduire à la gloire que vous cherchez; „ chacun de vous peut juger s'ils ſont ſuffiſants & aſſurés, nous „ avons des voies infaillibles pour introduire dix mille hommes de „ guerre dans une ville qui n'en a pas deux cens à nous oppoſer,

„ dont le pillage joindra avec nous tous les Etrangers que la curiosité ou le commerce y a attirés, & le peuple même nous aidera à dépouiller les Grands qui l'ont dépouillé tant de fois aussitôt qu'il verra sureté à le faire. Les meilleurs vaisseaux de la flotte sont à nous, & les autres portent dès à présent avec eux ce qui les doit réduire en cendres. L'Arsenal, ce fameux Arsenal, la merveille de l'Europe & la terreur de l'Asie est presque déja dans notre pouvoir. Les neuf vaillans hommes qui sont ici présens, & qui sont en état de s'en emparer depuis près de six mois, ont si bien pris leurs mesures pendant ce retardement, qu'ils ne croyent rien hazarder en répondant sur leurs têtes de s'en rendre maîtres; quand nous n'aurions ni les troupes du Lazaret, ni celles de terre ferme, ni la petite flotte de Haillot pour nous soutenir, ni les 500 hommes de D. Pedro, ni les 20 Navires Venitiens de notre Camarade, ni les grands Vaisseaux du Duc d'Ossonne, ni l'armée Espagnolle de Lombardie, nous serions assez forts avec les intelligences & les mille soldats que nous avons. Néanmoins tous ces différens secours que je viens de nommer, sont disposés de telle sorte que chacun d'eux pourroit manquer sans porter le moindre préjudice aux autres; ils peuvent bien s'entr'aider, mais ils ne sçauroient s'entrenuire; il est presque impossible qu'ils ne réussissent pas tous, & un seul nous suffit. Que si après avoir pris toutes les précautions que la prudence humaine peut suggerer, on peut juger du succès que la fortune nous destine, quelle marque peut-on avoir de sa faveur qui ne soit au-dessous de celle que nous avons. Oui, mes amis, elles tiennent manifestement du prodige; il est inoui dans toutes les histoires qu'une entreprise de cette nature ait été découverte en partie, sans être entiérement ruinée, & la nôtre a essuié cinq accidens, dont le moindre, selon toutes les apparences humaines, devoit la renverser. Qui n'a cru que la perte de Spinosa, qui tramoit la même chose que nous, seroit l'occasion de la nôtre? que le licenciement *des troupes* de Lievestin qui nous étoient toutes dévouées, divulgueroit ce que nous tenions caché; que la dispersion de la petite flotte romproit toutes nos mesures, & seroit une source féconde de nouveaux inconvéniens; que la découverte de Crême, que celle de Maran attireroit nécessairement après elle la découverte de tout le parti. Cependant toutes ces choses n'ont point eu de suite, on n'en a point suivi la trace qui auroit mené jusqu'à nous: on n'a point profité des lumiéres qu'elles donnoient. Jamais repos si profond ne précéda un trouble si grand. Le Sénat est dans une sécurité parfaite, notre bonne destinée a aveuglé les plus clairvoyans de tous les hommes, rassuré les plus timides, endormi les plus soupçonneux, confondu les plus subtils. Nous vivons encore, mes chers amis, nous sommes plus puissans que nous n'étions avant ces désastres; ils n'ont servi qu'à éprouver notre constance. Nous vivons, & notre vie sera bientôt mortelle aux tyrans de ces lieux. Un bonheur si extraordinaire, si obstiné, peut-il être naturel? Et n'avons-nous pas lieu de présumer qu'il est l'ouvrage de quel-

„ que Puiſſance au-deſſus des choſes humaines? En vérité, mes „ Compagnons, qu'eſt-ce qu'il y a ſur la terre qui ſoit digne de „ la protection du Ciel, ſi ce que nous faiſons ne l'eſt pas? Nous „ détruiſons le plus horrible de tous les gouvernemens; nous „ rendons le bien à tous les pauvres ſujets de cet état, à qui „ l'avarice des nobles le raviroit éternellement ſans nous. Nous „ ſauvons l'honneur à toutes les femmes qui naitroient quelque „ jour ſous leur domination avec aſſez d'agrémens pour leur „ plaire; nous rappellons à la vie un nombre infini de malheu- „ reux que leur cruauté eſt en poſſeſſion de ſacrifier à leurs moin- „ dres reſſentimens pour les ſujets les plus legers. En un mot, „ nous puniſſons les plus puniſſables de tous les hommes, égale- „ ment noircis des vices que la nature abhorre, & de ceux qu'elle „ ne ſouffre qu'avec pudeur; ne craignons donc point de prendre „ l'épée d'une main, & le flambeau de l'autre, pour exterminer „ ces miſérables. Et quand nous verrons ces Palais où l'impiété „ eſt ſur le thrône, brulans d'un feu plutôt du Ciel que le nôtre, ces „ Tribunaux ſouillés tant de fois des larmes, & de la ſubſtance „ des innocens conſumés par les flammes dévorantes; le ſoldat „ furieux retirant ſes mains fumantes du ſein des méchans; la „ mort errante de toutes parts, & tout ce que la nuit & la licence „ militaire pourront produire de ſpectacles plus affreux; ſouve- „ nons-nous alors, mes chers amis, qu'il n'y a rien de pur parmi „ les hommes, que les plus louables actions ſont ſujettes aux plus „ grands inconvéniens, & qu'enfin au lieu des diverſes fureurs „ qui déſoloient cette malheureuſe terre, les déſordres de la nuit „ prochaine ſont les ſeuls moyens d'y faire regner à jamais, la paix, „ l'innocence & la liberté.

Renault, que l'impétuoſité de ſon éloquence n'avoit pas empêché d'obſerver la contenance de toute l'aſſemblée, Renault, dis-je, avoit remarqué ſur le viſage de l'un d'eux une ſorte d'inquiétude qui laiſſoit voir une ame ſaiſie d'horreur au tableau de Veniſe embraſée, & fumante de ſon propre ſang. Ce conjuré s'appelloit Jaffier, ſi l'on en croit S. Real; il étoit de Provence, & Juven ſuivant l'hiſtoire de M. Nani qui le fait Dauphinois, & très proche parent du Maréchal de Leſdiguieres. Il paſſoit pour le plus vaillant de tous les Conjurés après le Capitaine, dont il étoit l'intime ami, & ne s'étoit laiſſé entrainer dans le parti que par l'attachement extraordinaire qu'il avoit pour lui: il n'avoit vû que ſon ami dans ce moment. La perſpective du crime qu'on ne lui avoit montré que dans un lointain perdu, étoit obſcurcie encore par les motifs dont on l'avoit coloré; mais la peinture de Renault avoit déchiré le voile, & rapproché les objets dans leur véritable point de vûe. Jaffier épouvanté, n'avoit pû diſſimuler ſon trouble; Renault qui ſe connoiſſoit en mouvemens s'en étoit apperçu; & en Conjurateur habile avoit propoſé au Capitaine de s'aſſurer de Jaffier par le poignarder, & en effet, le crime à part, la conjuration une fois ſuppoſée, c'étoit le ſeul reméde qu'on pouvoit y apporter. Le Capitaine ne put ſe réſoudre à ſacrifier ſon ami ſur un ſimple ſoupçon; il fut réſolu qu'on ſe contenteroit de l'épier, & le Capitaine lui-même se chargea de raffermir l'esprit de Jaffier, & de ne pas l'abandonner d'un instant. Cependant le Capitaine qui servoit sur les Vaisseaux de la République eut ordre d'armer, & d'aller sous le commandement du général Barbarigo dans l'Adriatique, pour observer la flotte du Duc d'Ossonne. Malgré les justes soupçons de Renault, Jacques-Pierre crut ne pouvoir mieux faire que de lui laisser Jaffier à sa place, il eut soin avant de partir de le ranimer dans ses premiers sentimens par toutes les voies de l'honneur & de l'amitié. Jaffier qui étoit né sensible, & qui étoit flatté dans ce moment de la confiance qu'on „ sembloit avoir en son courage, y répondit avec des marques de „ zéle, de fidélité, & de reconnoissance; mais c'étoit le dernier „ effort de sa résolution mourante : elle acheva de disparoître avec „ le visage de son ami,& le sac de Venise se retraçoit sans cesse à son „ esprit. Depuis ce moment, il n'entendoit plus de tous côtés que „ des cris d'enfans qu'on foule aux pieds, des gémissemens de „ Vieillards qu'on égorge, des hurlemens de femme qu'on déshonore; il ne voyoit que Palais tombans, Temples en feu, lieux „ saints ensanglantés. Venise, la triste & déplorable Venise se „ présentoit par-tout devant ses yeux, non plus triomphante „ comme autrefois de la fortune Ottomane, & de la fierté Espagnole, mais en cendres, ou dans les fers, & plus noyée dans le sang „ de ses habitans que dans les Eaux qui l'environnent. Cette funeste „ image l'obsede nuit & jour, le sollicite, le presse, l'ébranle; en „ vain il fait effort pour la chasser. Plus obstinée que toutes les „ furies des Fables, elle l'occupe au milieu des repas, elle trouble „ son repos, elle s'introduit jusques dans ses songes; mais trahir „ tous ses amis! Eh quels amis! intrépides, intelligens, uniques „ en mérite dans le talent où chacun d'eux excelle : c'est l'ouvrage „ de plusieurs siécles de joindre ensemble une seconde fois un „ aussi grand nombre d'hommes extraordinaires, dans le point qu'ils „ se vont rendre mémorables à la derniere postérité; faut-il leur „ ravir le fruit prêt à cueillir de la plus grande résolution qui soit „ jamais tombée dans l'esprit d'un particulier : & comment périront-ils? par des tourmens plus singuliers & plus recherchés que „ tous ceux que les tyrans des siécles passés ont inventés. „

L'interêt particulier de ses amis balança encore pour cette fois l'interêt de tout un peuple; mais enfin Jaffier ayant eu la curiosité de voir la cérémonie où le Doge épouse la mer, parce que c'étoit la derniere fois qu'elle se devoit faire, sa compassion échoua; la vûe des réjouissances publiques faisoit un si terrible contraste avec les horreurs de la nuit suivante, qu'il ne lui fut pas possible de résister à l'expedient que cette même compassion lui suggera, & par le moyen duquel il crut pouvoir sauver Venise sans perdre ses amis. C'est dans cette pensée qu'il alla trouver le Secretaire du Conseil des Dix; il lui dit qu'il avoit quelque chose de fort pressant à révéler qui importoit au salut de l'Etat; mais qu'il demandoit auparavant la grace de vingt-deux personnes qu'il lui nommeroit, quelque crime qu'elles eussent commis; qu'au reste on ne crût point arracher son secret par les tourmens sans la lui accorder ; qu'il n'y en avoit point d'assez horribles pour tirer une seule parole de sa bouche. Les Dix députerent sur le champ au Doge, qui n'hésita point non plus qu'eux à la donner, & Jaffier alors pleinement content de ce qu'il alloit faire, leur découvrit la Conjuration avec toutes ses circonstances : la chose leur parut si horrible, & si merveilleuse qu'ils ne la purent croire ; cependant en ayant fait vérifier quelques particularités qui se trouverent véritables, on envoya tout de suite à bord de la flotte, où Langlade, le Capitaine, & plus de quarante Conjurés furent noyés par ordre du Sénat. On traita de même tous ceux qu'on put trouver à Venise, au nombre de plus de quatre ou cinq cens, il n'y en eut que huit ou dix qui étoient restés chez la Grecque, & la Grecque elle-même qui eurent le bonheur de se sauver. Renault mourut dans les tourmens les plus horribles sans vouloir rien avouer; Jaffier au désespoir de ce que le Sénat lui manquoit de parole sur le faux prétexte que deux Dauphinois étoient venus peu de tems après découvrir aussi la Conjuration ; Jaffier, dis-je, montra toute la fureur que la perte de ses amis & son repentir lui inspiroient ; le Sénat, las de son emportement & de ses menaces, lui donna ordre de vuider les états de la République en trois jours, & lui envoya quatre mille sequins qu'on le força de prendre : il apprit en chemin que l'entreprise sur Bresse tenoit encore, il alla s'y jetter. Mais le Conseil des Dix en ayant été informé aussitôt y envoya des troupes ; Jaffier vint au-devant à la tête de quelques Espagnols, & se battit en homme qui cherchoit à périr les armes à la main ; mais il n'eut pas cette consolation ; car accablé par le nombre, il fut pris vivant & conduit à Venise, où le Sénat lui fit subir la même mort qu'à ses Camarades.

Voilà, Monsieur, l'extrait fidéle de ce morceau d'histoire qui a fait tant d'honneur à S. Real. Ce seroit ici l'occasion d'éclaircir un doute qui embarrasse depuis longtems beaucoup de nos gens de Lettres ; sçavoir, si nous sommes redevables de cet ouvrage à la Fiction ou à la Vérité, & je démontrerois clairement qu'en supprimant de S. Real ce qu'une imagination trop vive lui a fait adopter malgré lui, & en restituant à M. Nani ce que la politique du Sénat a voulu soustraire à la connoissance de l'univers ; car vous n'ignorez pas, Monsieur, qu'il n'est permis qu'à un noble d'écrire l'histoire de Venise ; on en feroit une aussi vraie qu'interressante de la Conjuration de 1618. Ce fut en 1674. que S. Real publia la sienne à Paris. M[de] de Mazarin, connue sous le nom d'Hortense, l'emmena l'année suivante à Londres avec elle ; l'Auteur & l'ouvrage y arrivoient à point nommé. L'Angleterre depuis bien des années étoit déchirée des plus cruelles révolutions, & ses peuples ne se nourrissoient que de conjurations, de politique, & de sang ; tout le monde voulut le lire, & c'est environ trois ou quatre années après ce tems-là qu'un jeune Poëte nommé Thomas Otway, en fit une *prétendue* Tragédie en vers blancs. Quelle Tragédie bon Dieu ! Je n'y sçache rien de comparable que celles de Jodelle, ou le monstre d'Horace ; * elle a été imprimée quelques années après, & dédiée à M[de] la Duchesse de Porsmouth. J'aurai occasion d'en par-

* Humano Capiti, &c. Art. Poet.

ler plus amplement. Je passe à Manlius Capitolinus qui fut donné en 1694. par votre ami, M. de la Fosse : il doit vous souvenir, Monsieur, que cette Piéce eut un succès qu'elle méritoit ; l'Auteur convient de bonne-foi dans sa préface, qu'il le doit tout entier à M. de S. Real, qui lui a servi de modéle d'un bout à l'autre. Je vais vous en retracer l'action en y détaillant quelques endroits pour suivre mon parallelle.

SCENE I. Manlius expose à son confident sa conjuration contre le Sénat. Entre plusieurs injustices dont il se plaint, le dernier Arrêt qu'on a rendu contre lui, paroît l'avoir entiérement déterminé. C'est ce même Arrêt qui attire à Rome Servilius son intime ami pour lui offrir son secours.

SCENE II. Un Domestique avertit Manlius que le Consul Valerius demande à le voir. Manlius en marque de la surprise, & dit ensuite :

> Auroit-il sçu déja que sa fille enlevée
> Après Servilius chez moi fut arrivée.

Il envoie avertir Rutile : Valerius entre.

SCENE III. Et se plaint à Manlius de ce qu'il donne retraite à Servilius, ravisseur de sa fille, il lui demande aussi quand est-ce qu'il cessera d'épouser les interêts des mécontens ; à quoi Manlius lui répond en héros, qu'il doit secourir tous ceux que vexe la violence du Sénat, & que s'ils sont jaloux de l'amour que le peuple lui porte ils n'ont qu'à l'imiter, & se rendre les soutiens des malheureux : il ajoûte ensuite,

> Mes bienfaits vous font peur, & d'un esprit tranquille
> Vous regardez l'excès du pouvoir de Camille,
> A l'Armée, à la Ville, au Sénat, en tous lieux
> De charges & d'honneurs on l'accable à mes yeux,
> De la paix, de la guerre, il est lui seul l'arbitre
> Ses Collégues soumis & contens d'un vain titre
> Entre ses seules mains laissant tout le pouvoir
> Semblent à l'y fixer exciter son espoir,
> D'où vient tant de respect, d'amour pour sa conduite ?
> Des Gaulois à son bras vous imputez la fuite,
> Vos éloges flatteurs ne parlent que de lui :
> Mais que deveniez-vous avec ce grand appui
> Si dans le tems que Rome aux Barbares livrée
> Ruisselante de sang, par le feu dévorée
> Attendoit ses secours loin d'elle préparés
> Du Capitole encore ils s'étoient emparés ;
> C'est moi qui prévenant votre attente frivole
> Renversai les Gaulois du haut du Capitole,
> Ce Camille si fier ne vainquit qu'après moi,
> Des ennemis déja battus, saisis d'effroi :
> C'est moi qui par ce coup préparai sa victoire
> Et de nombreux secours eurent part à sa gloire ;
> La mienne est à moi seul, qui seul ait combattu ;
> Et quand Rome empressée honore sa vertu,
> Ce Sénat, ces Consuls sauvés par mon courage,
> Ou d'une mort cruelle, ou d'un vil esclavage
> M'immolant sans rougir à leurs premiers soupçons
> Me font de mes bienfaits gémir dans les prisons.
> De mille affronts enfin flétrissant pour salaire
> La splendeur de ma race & du nom Consulaire,

Manlius Sort. SCENE IV. Reproches de Valerius, ausquels Servilius répond assez mal; il prouve à son Beau-pere qu'il ne peut pas lui refuser Valerie, qu'elle est son bien depuis qu'il l'a arrachée des mains des Gaulois, qui l'avoient déja chargée de fers. Enfin le Consul fait semblant de se calmer, & de consentir à l'himen de sa fille, pourvu que Servilius rompe toute liaison avec Manlius, à quoi le premier répond indigné,

> Si votre offre un moment avoit pû m'ébranler,
> De ce fer à vos yeux je voudrois m'immoler.

SCENE V. Servilius ne peut perdre ni sa maitresse ni son ami.

SCENE VI. *Valerie* vient sçavoir s'il a flechi son pere.

Servilius. Pour toute réponse lui montre les murs de Rome, il lui fait entendre qu'il faut y renoncer pour jamais, & se refugier chez ses ennemis: Valerie s'en console par une réflexion de sentiment qui suit,

> Quelques malheurs sur nous que le destin assemble
> Nous souffrons, mais unis, nous fuyons, mais ensemble.
> . . . .
> Venez que de ma foi la vôtre convaincue
> Apprenne qu'avec vous mon cœur trouve en tous lieux
> Sa gloire, son bonheur, sa patrie, & ses Dieux.

Servilius exige de Valerie pour derniere grace qu'elle lui permette de voir encore une fois, & de consulter son ami.

ACTE II. SCENE I. *Manlius* désaprouve cette seconde fuite de *Servilius*, il lui apprend que le Sénat, à la requisition de Valerius, vient de le proscrire, & de prononcer le pillage de ses biens en faveur du soldat. *Servilius* n'est sensible à ce malheur que parce qu'il va retomber en partie sur Valerie, il en est accablé, & s'excuse à son ami d'une lâcheté

> Qui *lui* faisant prévoir tant d'affreuses allarmes,
> Dans son sein généreux lui fait verser des larmes.
>
> *Manlius étonné, lui répond :*
>
> Des larmes! ah plutôt par tes vaillantes mains
> Soyent noyés dans leur sang ces perfides Romains!
> Des larmes! jusques-là ta douleur te posséde?
> Il est pour la guérir un plus noble reméde,
> Un privilége illustre, un des droits glorieux
> Qu'un homme tel que toi partage avec les Dieux,
> La vengeance. Ma main secondera la tienne;
> Notre sort est commun: ton injure est la mienne;
> C'est à moi qu'on s'adresse, & dans Servilius
> On croit humilier l'orgueil de Manlius:
> Unissons, unissons dans la même vengeance
> Ceux qui nous ont unis dans une même offense;
> De tant d'affronts cruels vengeons notre vertu,
> Perdons & Sénateurs & Consuls.

Serv. A la vivacité de son ami lui soupçonne quelque projet, il le presse de lui en dire davantage. Manlius n'hésite point de se confier tout-à-fait à lui dans le reste de la Scene imitée en partie mot à mot de S. Real. . . . .

Apprens donc que bientôt nos tyrans par leur mort
De Rome entre mes mains vont remettre le sort,
J'ai de braves amis pour chefs de l'entreprise,
Et gagné par mes soins ou par leur entremise
Le Peuple a sçu choisir pour traiter avec moi
Rutile dont tu sçais la prudence & la foi.
Pour en hâter le tems trop lent à ma vengeance,
Je l'ai fait avertir qu'il vint en diligence;
Tout me flatte! *J'ai sçu pour l'effet de mes vœux,*
Trouver divers moyens indépendans entre eux;
Qui peuvent s'entre-aider sans pouvoir s'entre-nuire,
Et dont à mon dessein un seul peut me conduire;
Non qu'il m'aveugle assez pour me faire penser.
Qu'un caprice du sort n'ose le renverser;
Je sçai trop quel revers tout-à-coup il déploie,
Mais ne vaut-il pas mieux, ami, que Rome voie
Manlius périssant en voulant se venger,
Que Manlius vivant qui se laisse outrager.

Serv. Marque beaucoup d'ardeur pour entrer dans la Conjuration; Manlius lui promet de le présenter à Rutile, & le fait cacher tandis qu'on va le prévenir. Scene II. Manlius ne veut plus reculer l'éxécution de son entreprise. Le sacrifice que le Sénat va faire au sujet de la guerre qu'on déclare aux Circaiens, est une occasion trop favorable à leur projet, & après avoir flatté Rutile sur sa prudence & son habilité, il ajoûte:

Vous avez sçu, je croi,
Qu'hier Servilien est arrivé chez moi:
Qu'il n'est point de secret que mon cœur lui déguise.

Rutile marque un grand étonnement de cette confidence; il expose ses craintes à Manlius, fondées sur ce que les griefs de Servilius contre le Senat & contre son Beau-pere, son amitié même pour lui, n'ont pas plus de force que les larmes de sa femme! Scene III. Servilius paroît, & se plaint à Rutile de la froideur de son accueil, il lui demande s'il lui seroit suspect? Rutile répond,

Pourquoi le demander, vous m'avez entendu.

Servilius alors pour le rassurer, offre de mettre Valerie entre les mains de Manlius pour gage de sa foi; & de lui remettre en même-tems un poignard destiné à percer le sein de sa femme, & ensuite être plongé dans le sien, s'il le trahit. En même-tems il prie son ami de préparer Valerie à cette courte séparation.

Scene IV. Rutile paroît calmer ses soupçons; cependant après que Servilius est sorti pour commencer à éviter Valerie. Rutile resté seul dans la Scene V. se propose de le mieux éprouver.

ACTE III. Valerie se plaint à sa confidente de l'absence de Servilius; & en sortant de son appartement elle le rencontre qui vient de choisir son poste. Scene II. Elle l'accuse de froideur & de peu de confiance, & prend de-là occasion de croire qu'il lui cache quelque secret important. Servilius a la simplicité d'en convenir par ce vers:

Respectez un secret que je ne puis vous dire,

A quoi Valerie répond;

Eh ! que pouvez-vous craindre ? ah connoissez-moi mieux,
Et que mon sexe ici ne trompe point vos yeux ;
Ne me regardez point comme une ame commune,
Qu'étonne le péril, qu'un secret importune ;
Mais comme la moitié d'un Héros, d'un Romain ;
Comme un fidelle ami reçu dans votre sein,
Qui sçut depuis long-tems par une heureuse étude,
De toutes vos vertus se faire une habitude :
D'un zéle généreux, du méptis de la mort,
D'une foi toujours ferme en l'une & l'autre sort :
Mon cœur peut désormais tout ce que peut le vôtre,
Et dequoi que le ciel ménace l'un & l'autre,
Pour vous je puis sans peine en braver tous les coups,
Ou bien les partager s'il le faut avec vous.

Servilius ensuite lui fait entendre que les secrets qu'il lui cache sont tels.... il s'en repent aussi-tôt ; mais Valerie lui dit, en l'arretant :

Vous me fuyez en vain ; j'ai tout compris. *Vous voulez vous venger de mon Pere.*

Serv. Qui moi ? *Val.* Vous-même ! Et pour preuve lui rapelle l'amas d'armes que Manlius fait chez lui, & que ce ne peut etre que pour tirer vengeance de ses affronts. Servilius combat sa pensée assez foiblement, & enfin lui avoüe son secret & sa résolution en faveur de quoi il apporte cette excuse :

Je verse un mauvais sang pour en purger l'Etat.

Valerie répond à cette pensée par quelques belles réfléxions, & ajoûte les Vers suivans :

Ne croyez pas pourtant qu'après un tel discours,
Je trahisse un secret d'où dépendent vos jours ;
Mais si pour désarmer votre fureur fatale
Mon Pere dans mes pleurs ne trouve point d'appui,
J'en atteste les Dieux, je péris avec lui.

Scene III. Servilius étant resté seul sur la Scene est effrayé de la menace de Valerie : il chancele, & finit par se calmer. Scene IV. Manlius vient lui apprendre que le sacrifice est toujours fixé au lendemain, & que Valerie est en liberté, qu'il peut la voir. Scene V. Rutile en entrant, dit à part...... *Je vois Manlius avec lui : C'est ce que je souhaite, éprouvons son courage :* Manlius lui dit,

De nos amis, que faut-il espérer !

Rutile. Tout, Seigneur ; avec nous, tout semble conspirer,
A l'effet de nos vœux, il n'est plus de remise.
En arrivant chez moi, quelle heureuse surprise !
J'ai trouvé ceux du peuple à qui de nos projets
Je puis en fureté confier les secrets :
Eux-mêmes ils venoient au bruit du sacrifice
M'avertir qu'il falloit saisir ce tems propice.
Tout transporté de joie à voir qu'en ces besoins
Leur zele impatient eut prévenu mes soins :
Oui chers amis, leur dis-je, oui Troupe magnanime,
Le destin va remplir l'espoir qui vous anime ;
Tout est prêt pour demain, & selon nos souhaits
Demain le Consulat est éteint pour jamais.

De nos prédécesseurs quelle fut l'imprudence,
Qui détruisant d'un Roi la suprême puissance,
Sous un nom moins pompeux, se sont faits deux Tirans;
Qui pour nous accabler, sont changez tous les ans,
Et qui tous l'un de l'autre héritant de leurs haines,
S'appliquent tour à tour à resserrer nos chaînes.
Tels & d'autres discours redoublant leur fureur,
Je croi devoir alors leur ouvrir tout mon cœur,
Leur marquer nos aprêts, nos divers stratagêmes,
Appuyés en secret par des Sénateurs mêmes :
Ce que devoient dans Rome exécuter leur bras,
Tandis qu'au Capitole agiroient vos soldats.
Les portes à surprendre, & d'autres qu'on nous livre;
Les forces qu'on aura, les Chefs qu'il faudra suivre :
En quels endroits se joindre, en quels se séparer,
Tous ceux dont par le fer on doit se délivrer :
Les maisons des proscrits que sur notre passage,
Nous livrerons d'abord à la flame, au pillage,
Qu'une pitié sur-tout indigne de leur cœur,
A nos Tirans détruits, ne laisse aucun vengeur,
Femmes, Peres, Enfans, tous ont part à leurs crimes,
Tous sont de nos fureurs les objets légitimes,
Tous doivent .... Mais Seigneur, d'où vient qu'à ce récit
Votre visage change........

Servilius répond que ce mouvement doit être imputé à la joie & à la surprise.

Rutile. Excusez mon erreur, & m'écoutez; j'ajoute,
Ils n'ont de nos desseins ni lumiere ni doute,
Il faut qu'en ce repos où s'endort leur orgueil
La foudre les réveille au bord de leur cercueil,
Et lorsqu'à nos regards les feux & le carnage
De nos fureurs partout étaleront l'ouvrage;
Du fruit de nos travaux, tous ces Palais formés
Par les feux dévorans pour jamais consumés,
Les fameux Tribunaux où régnoit l'insolence,
Et baignés tant de fois des pleurs de l'innocence
Abbatus & brisés sur la poussiere épars,
La Terreur & la Mort errant de toutes parts,
Les cris, les pleurs, enfin toute la violence
Où du soldat vainqueur s'emporte la licence :
Souvenons-nous, amis, dans ces momens cruels
Qu'on ne voit rien de pur chez les foibles mortels:
Que leurs plus beaux desseins ont des faces diverses,
Et que l'on ne peut plus après tant de traverses,
Rendre par d'autre voie à l'Etat agité,
L'innocence, la paix, enfin la liberté.

Je ne sçaurois m'empêcher, Monsieur, de m'interrompre ici pour vous observer avec qu'elle éxactitude & quelle fidélité M. de la Fosse a sçu rimer la Prose de S. Real, sans y changer ni presque y déranger un mot; ce n'est pas trop suivre la maxime d'Horace

Nec verbum verbo curabis reddere fidus
Interpres.

Scene IV. Rutile prie Manlius de faire retirer son ami. Après que Servilius est sorti, Rutile rappelle à Manlius les sermens de la conjuration. Ils portoient qu'au moindre soupçon on poignarderoit son frere même si on le voyoit hésiter. Comme ceci est applicable à Servius, Manlius l'accuse de trop de prévoyance, & lui

public, qui est la seule chose qui devroit l'occuper. Servilius dans un Monologue, ne se permet de vivre encore quelques momens, que pour défendre Manlius. SCENE IX. Valerie paroît, & laisse éclater une grande joie de ce qu'elle vient de tout obtenir de son Pere.

Servilius. Ose-tu bien encore te montrer à ma vue ?
. . . .
Où Manlius est-il. . . . . . ?
Tu l'as trahi. Tes soins pour Rome ont réussi ;
Que tarde ma fureur de le venger aussi.

Valerie. Pourquoi, Seigneur, ces transports, ces injures ?
S'il ne faut que mon sang pour calmer ses murmures,
Vous l'ai-je refusé ? N'est-il pas tout à vous ?
Je puis souffrir la mort, mais non votre couroux.
Immolés sans fureur une tendre victime ;
Que ce soit seulement un effort magnanime,
En me perçant le cœur, ne me haissez pas ;
Plaignez-le au moins ce cœur qui jusques au trépas
Vous aima, ne périt par votre main sévere,
Que pour avoir sauvé ma Patrie & mon Pere.

Servilius. Moi, te percer le cœur ? Ah rends-moi donc le mien
Tel que je te l'offris, pour mériter le tien.
Fidelle à ses sermens généreux, intrépide,
Tu n'en a fait, hélas ! qu'un lâche, qu'un perfide,
Et quoique lui conseille un si juste couroux,
Lui-même il est l'asile où tu braves mes coups.
Que dis-je en ce moment, les Dieux sur ton visage
Ont imprimé leurs traits que respecte ma rage,
Où des Romains par toi conservés en ce jour,
Le demon tutelaire est le tien à son tour.

Servilius continue, & représente à Valerie que puisqu'elle est la cause du mal, qu'elle en soit au moins le remede. Il l'exhorte à s'aller jetter aux pieds de son Pere, pour qu'il obtienne du Sénat la grace de son ami, & pour

Qu'enfin Manlius vive, ou qu'ils périront tous.

ACTE V. SCENE I. Albin apporte la nouvelle à son Maître de ce qui se passe au Sénat, où Servilius vient de rappeller tous les exploits de Manlius. Il dit qu'en finissant & montrant aux Sénateurs le Capitole d'où il avoit repoussé les Gaulois, il ajoute que

Sa voix sur ces ingrats atteste la vengeance.
Vain remede à mes maux, lui repart Manlius.
. . . .
Peut-il de mes desseins rétablir l'espérance ?
Et puis-je aimer la vie en pernant ma vengeance ?

SCENE II. Servilius revient en ce moment ; Manlius se reproche de ne pouvoir étouffer entierement la tendresse qu'il conserve pour lui, & lui demande enfin

S'il peut pour cette fois compter sur son courage.

Servilius ne s'offense point de cet outrage. Il convient de l'avoir mérité ; mais qu'il songe,

Qu'en un cœur généreux de remords combatu
La honte de sa chute affermit la vertu.

Manlius

Manlius alors lui communique son dessein, & lui fait entendre que lui seul peut le sauver de l'ignominie. Servilius l'entend. SCENE III. Albin vient avertir qu'un Tribun monte au Capitole pour parler à Manlius. SCENE IV. Servilius dans un Monologue fort court, laisse soupçonner une derniere résolution, qui est la seule qui puisse réparer la foiblesse qu'il a eue. SCENE V. Valérie au désespoir de n'avoir pû toucher son Pere, vient s'exposer aux justes transports de son Epoux. Servilius qui sçait déja le mauvais succès de ses soins, lui dit que *Manlius* devant être livré aux Tribuns, il va prendre sa défense, & employer ses derniers efforts à le sauver.

> Mais (ajoute-t'il) si l'événement trompe mon espérance;
> C'est à toi, Valerie, après tant de travaux,
> A perdre sans regret, l'auteur de tous tes maux.
> Adieu.

SCENE VI. Incertitude & craintes de Valérie. SCENE VII. Sa Confidente vient lui dire que Servilius l'a consignée à des gardes, & l'instruit en même-tems de ce qui se passe derriere le Théatre. SCENE DERNIERE. On sçait par Albin que Manlius prêt à être conduit devant les Tribuns, avoit demandé à révéler à Servilius un secret important pour la République; qu'il l'avoit fait avancer aux bords des murs du Capitole, & que là, s'étant embrassés étroitement, ils s'étoient précipités tous les deux du haut en bas. Valérie qui perd tout ce qu'elle aime, se poignarde, & la Piece finit.

Cet Extrait est un peu long; mais vous sçavez, Monsieur, & rien n'est si vrai, que mieux une Piece est faite, & plus il est difficile de la réduire. Je viens de l'éprouver dans la Piece de M. de la Fosse, où la noblesse & l'unité des caracteres, le sentiment si bien contrasté par l'amour & par l'amitié, & la fidélité des regles du Théatre dont on cherche de plus en plus à se passer, où dis-je, toutes ces choses sont observées avec goût; c'est ainsi qu'il faudroit frayer de nouvelles routes quand on veut nous faire part des trésors des Anciens ou des Etrangers. Voyons à présent si M. de la P. qui par je ne sçai qu'elle intention, a choisi parmi une foule de Pieces où il pouvoit puiser, un sujet déja ajusté à notre Théatre avec tant d'art & de dignité; voyons s'il a effacé M. de la Fosse, & s'il l'a traité de maniere à nous faire oublier Manlius.

ACTE I. SCENE I. C'est la Scene IV. du premier Acte de Manlius, qui fait la premiere de VENISE SAUVÉE. Priuli, Sénateur Vénitien, dans cette Piece, & dans la vérité de l'histoire, Doge de Venise, & par-là capable de devenir plus intéressant, & mieux rendu par le personnage de Valerius, Consul lui-même, ouvre, on ne sait trop à quel propos la Scene avec Jaffier.

> A me tromper encore oserois-tu prétendre,
> Perfide, *Que veux-tu?* Je ne puis rien entendre,
> Fuis, laisse moi.

Jaffier *d'autant plus malheureux qu'il se croit moins coupable*, dont le *sort est de s'avilir*, presse Priuli: celui-ci lui reproche ses bienfaits, parmi lesquels on pourroit desirer de savoir à quelle occasion il a fait *taire* en sa faveur *les Loix d'un Sénat rigoureux, & l'a remis au rang qu'avoient eu ses ayeux:* secret qui feroit peut-être mieux juger & de ce que Jaffier lui doit, & de ce qu'il est; & comment

cependant il n'en doit point pleurer, *mais être homme*; car Pedre qui plus haut pleuroit lui-même, ne pleuroit que d'amitié ; & qu'enfin comme il objecte que *s'il étoit moins homme, il ne chercheroit point la mort*, il lui reste un espoir, *la vengeance*, & puis le détail de tout ce qui doit l'y déterminer. Aussi l'y voilà-t-il résolu, & Pedre, apparemment fort content, le remet à tantôt, pour lui annoncer le reste. Vous voudrez bien encore, Monsieur, relire & comparer à cette Scene, la Scene premiere du second Acte de Manlius ; elle peut servir à décider la justesse & les beautés de celle-ci. Un nouveau Monologue de Jaffier qui fait la Scene quatriéme, l'amuse à propos ici ; c'est-à-dire, je ne sçais où, pour donner occasion à Belvidera sa femme, d'y arriver on ne sçait comment ; deux de ces maximes qui ont droit depuis long tems d'être applaudies sur notre Théatre, font les deux beaux traits de ce Monologue.

> Il faut avoir un cœur pour sentir & pour craindre
> Tout sentiment est mort où l'honneur ne peut rien.

Et il faut compter aussi ce dernier élan de tendresse.

> Mais quelque soit mon cœur, est il digne du tien
> Chere Belvidera.

Puisqu'il amene si à propos la Scene V. où Belvidera vient *retrouver les Cieux dans les bras chéris de son Epoux*, & cette Belvidera, phénomene nouveau sur notre Théatre, & qui fait honneur à nos mœurs, est une Epouse qui aime son mari éperdument, si l'on en juge par la tendresse outrée de ses sentimens, & n'en est pas moins aimée ; copie d'ailleurs telle qu'il vous plaira de la nommer, de la Valérie de Manlius. Cette cinquiéme Scene termine le premier Acte, ainsi que la premiere action de toute la Piece. Car vous concevez que pour éviter les récits, rien ne doit se passer derriere le Théatre, & qu'il n'est pas nécessaire d'enchaîner des incidens, qui en se liant l'un à l'autre, entretiennent également la curiosité, l'intérêt, & le trouble ; & vous êtes trop habile pour ne point entrevoir au moins dans tout cet Acte, comme dans la premiere Scene de Manlius, une exposition de sujet, une Conjuration toute prête d'éclore ou de manquer.

ACTE II. Jaffier le r'ouvre par un Monologue, lié encore adroitement à la Scene II. qui le suit ; car si étonné, comme il devoit l'être, *de se croire innocent, & de sentir des remords*, il n'eut pas déclaré que ses sens *interdits, frémissoient* malgré lui de son état, s'il n'eut pas fait tout haut cette reflexion à Maxime, que

> La honte, les ennuis que la misere inspire
> Infectent jusqu'à l'air qu'un malheureux respire.

Pedre n'eut pas pû commencer la seconde par ces mots. *C'est lui, j'entens sa voix ;* n'eut pas continué par deux ou trois axiomes, avant de lui demander des nouvelles de son Epouse, à la petite satisfaction du spectateur, qui apparemment n'en doit pas être fort inquiet. Mais enfin il apprend pour n'avoir rien à desirer, qu'elle est confinée dans la Place voisine, sous un rustique toit, tandis que Jaffier attend l'arret que *l'enfer doit prononcer* par la voix de Pedre ſon ami, à moins que ce ne ſoit *les Cieux ;* de Pedre ſon ami ; qu'il commence par prier d'être ſincere, & qui juſtement ſurpris, s'écrie ;

> Qu'entens-je ! Quels ſoupçons, méconnois-tu ton frere ?

L'expreſſion Angloiſe qui n'avoit encore ſignifié un ami parmi nous, que dans notre langage de dévotion, & ſans répondre davantage à ce mauvais compliment, met en jeu la face du monde, les coups du Ciel, & tout le Sénat, juſqu'à ce qu'enfin il ſurprend à ſon tour Jaffier en lui offrant *des poignards au défaut du tonnere*, & vous croiriez peut-être qu'il devroit l'être encore davantage, lorſque Pedre lui demande s'il *verra ſans frémir mille ames généreuſes ſe dévouer pour lui.* Mais ce n'eſt pour Jaffier qu'*un rayon de lumiere, enflamé par le feu* des diſcours de Pedre ; il le devine, & lui reproche de lui avoir tû ſon projet, que vous lui reprocheriez peut-être de s'aviſer ici de lui révéler. Si vous comparez encore ici les deux héros de la Foſſe, & la difference des circonſtances & des motifs, ſi vous écoutez les mauvaiſes raiſons de Pedre lui-même, qui *juſqu'alors l'aimoit trop pour expoſer ſa tête,* qui vouloit le mettre *au port* ſans lui faire *riſquer la tempête,* & qui au moment de lui procurer tout ſeul tous ces avantages, le jette dans tous les périls qu'il va courir lui-même, parce qu'il le voit *plongé* dans un danger preſſant, qui ne lui permet pas de vivre *à moins d'être vangé.* Et quel eſt donc ce danger preſſant ? Si la *voix de la douleur,* la voix *de l'injure* de Jaffier a du rendre Pedre *parjure au plus ſaint des ſermens ;* ſi ce vers eſt un problême déja réſolu, *Fidele à l'amitié, peut-on bleſſer l'honneur.* Pedre pouvoit bien, ſans doute, conſoler ſon ami, en lui confiant un ſecret qui lui en promettoit une vengeance ; mais devoit-ce être pour expoſer ſa tête ? & n'eut-il pas fallu que bien loin de l'engager dans ſa Conjuration, il eut mis tous ſes efforts à l'en détourner, ſi ſon amitié & ſes malheurs l'euſſent déterminé, comme cela étoit naturel, à la partager : qu'il ne ſe fut rendu enfin que par force à ſes ſouhaits ; ce qui auroit eu encore plus de rapport à l'hiſtoire ; ce qui eut rendu la révélation de Jaffier plus frappante. Et ſi Pedre, en effet, ne lui fait ici qu'une ſimple confidence, (car l'obſcurité de ſes diſcours pourroit ouvrir ce ſubterfuge.) Quelle ſinguliere idée paroît-il avoir d'un ami ? Pourquoi faut-il qu'il lui faſſe *ſonder ſon cœur, & conſulter ſon courage ?* Et n'eſt-ce que pour débiter ce qu'on appelle des penſées, & des penſées Angloiſe, que nous ne trouvons peut-être juſtes que par politeſſe, où il dit :

> Ami, ſans être traître on peut être timide :
> Pour fonder un empire, il faut bien des vertus ;
> Mais pour le renverſer, il en faut encore plus.

Et que ſans raiſon pour engager un homme vertueux dans une conſpiration, il ajoute à ſes plaintes de tantôt, quelques antithéſes de mots au ſujet des Sénateurs, & quelques termes empoulés.

Commander au bras. Le ſein des ingrats. Le ſein de la molleſſe, & mille autres ſeins ; Fleaux d'une famille, fleaux des plaiſirs, feux des amans. La flame du feu du courroux. Flambeau qui brille, flambeau qui brule : Fers, l'ombre des fers, briſer les fers.

Quoiqu'il en soit, Jaffier est à peu près instruit de la Conjuration, autant vraisemblablement qu'il le sera ; il est tout soumis à Pedre, qui eut apparemment achevé de la lui expliquer, si le lieu du rendez-vous n'eut point offert à ses regards, Renault & six Conjurés, qui l'obligent d'emmener Jaffier pour leur faire place. Et que vient faire Renault, s'il vous plait, si non ouvrir la Scene troisiéme, & commencer le petit Exorde qui prépare ses auditeurs, & qu'il interrompt pour s'appercevoir que Pedre ne paroit point encore ; tandis que ce Pedre qui vient apparemment d'écouter malicieusement ses cinq ou six dernieres phrases, amene la Scene IV. par ces mots, *Calme-toi, le voici ;* & nous y laisse par ses questions, esperer enfin d'appercevoir quelque forme de conjuration.

> Ces desseins généreux, *ces fruits* d'une ame ferme,
> Depuis long tems *conçus*, touchent-ils à *leur terme ?*

Mais si dans la Scene précédente, Renault faisoit l'Exorde, Pedre fait dans celle-ci le Discours, ou peut-être la déclamation ; & les Conjurés n'étoient point apparemment à apprendre non plus que nous, que *Ce qu'on ose de grand, le succès doit l'absoudre, Que la valeur n'exclut point la prudence, Qu'elle seule détruit ou fonde notre espoir ; Que qui veut tout oser, doit aussi tout prévoir, Que pour bien se vanger, il faut loin de sa tête écarter tout danger.* Il est vrai qu'ils apprennent encore que *demain avec le jour, la tirannie expire, & qu'un vrai Conjuré ne connoit plus d'amis*, ce qui amene bien naturellement, comme on le voit, l'aveu de Pedre.

> Renault, j'en excepte un, son malheur est extrême,
> Il a notre secret, c'est un autre moi-même.

Notre secret ! s'écrie Renault, que Pedre interrompt ainsi :

> Attends ; il est digne de toi,
> Et pour tout dire enfin, je réponds de sa foi.

Et c'est aussi bien naturellement qu'à ces mots Jaffier paroît Scene V. prêt à se tuer pour calmer les moindres soupçons qui les pourroient allarmer. Le prévoyant Renault qui le reconnoit, & qui prévoit *le motif qui le guide*, ne paroit point prévoir que ce motif ait été bien suffisant pour en faire un Conjuré, & comme on ne répond à ses belles promesses, à cet axiome convainquant

> Qui n'espere plus rien, est fait pour tout braver

que *par des regards glacés* & un *sombre silence*, l'honneur lui offre subitement un moyen de calmer leur effroi : il écarte les Conjurés, fait rester Renault, qui *suffit seul en cet instant funeste*, sort en implorant le secours de Pedre ; appelle Belvidera tout en courant la chercher ; laisse dire à Renault deux vers & demi, & revient avec sa tendre Epouse, qui ouvre la Scene VI, en ne sachant que penser. Jaffier la désole de gaieté de cœur ; il *faut nous séparer*, lui dit-il, avec un soupir ; mais s'il eut ajouté pour un jour seulement, n'eut-il point épargné ses allarmes? Enfin pour bien rassurer Renault & les Conjurés, il les appelle *pour soutenir sa foiblesse ;* oblige de les prier de *respecter un dépôt que l'honneur leur confie*, il remet à Renault, & sa femme, & un poignard, afin que s'il peut un jour *s'écarter de ses sermens* (qu'il n'a point faits,) il se vange, il se prive du seul objet qu'il aime, il le *plonge dans son sein. C'est le percer lui-même.* On emmene Belvidera sans façon ; car la prudence exclut toute générosité. Jaffier Scene VII, prie *ses yeux de se détourner de ce spectacle affreux ;* mais affreux, parce qu'il a jugé à propos d'y répandre une horreur qu'un moment de reflexion détruit. Que peut-il soupçonner de si terrible, s'il veut être fidele ? A-t-il regardé Renault comme un brigand ? Pedre ne peut-il pas le rassurer ? Quoiqu'il en soit, Pedre l'emmene, & le second Acte finit comme le premier, & du moins à ce qui paroit d'abord, aussi décousu, Oserai-je vous ramener encore ici au parallele de Manlius. A considerer un peu de quelle façon, dans quelles circonstances, avec quelle noble confiance Manlius expose son secret à son ami Servilius, & celle avec laquelle Servilius lui répond ; d'y remarquer le Dialogue de Manlius & de Rutile, Romain illustre, & qui caractérise le Renault de S.Real à quelques traits près, négligés partout & qui ne devoient l'etre nulle part, je veux dire, *ceux d'une ame singuliere, qui fait tout céder à la vertu, mais qui fait céder la vertu au desir violent de la gloire ;* d'écouter Rutile, & sur-tout Servilius vis-à-vis de lui, & d'examiner enfin la maniere dont il emploie Valérie à être le gage de sa fidélité, & celle dont il remet aussi le poignard qui doit lui percer le sein. La hardiesse du spectacle sied bien au génie sans doute, & frappe avec plus de force ; mais la sorte d'émotion qu'elle donne est bien passagere & bien peu interessante, lorsqu'elle n'est point appuyée sur la nécessité des circonstances, sur celle des incidens & des passions.

ACTE III. Un Monologue de Belvidera fait la premiere Scene de cet Acte ; son discours se ressent du désordre où elle doit être. Ira-t-elle de ses parens *ingrats* mandier l'amitié, *comme ingrats ?* ou *d'un parjure époux implorer la pitié ?* Dans quel endroit ? il ne loge plus chez lui : *O Dieu, si ta bonté favorise sa fuite ; fermes-tu tout asyle à son ame interdite.* Quel est l'asyle de l'ame ? Elle succombe ; mais on sçait au moins qu'elle fuit au milieu de la nuit, qu'elle cherche à s'échapper, & il y a dequoi s'en étonner. La plus heureuse rencontre lui présente son époux ; SCENE II. *D'un austere devoir* (*quel qu'il puisse être*) *son cœur brise la chaîne, l'amour le ramene à ses pieds,* (chez Renault) il vient calmer ses ennuis, elle detourne la vûe, ce qui amene une tendre explication ; & fait bientôt trembler pour le secret, puisque Jaffier prend soin d'annoncer qu'il lui en fait un ; elle veut avec raison qu'il voie en elle les vertus d'un ami, & elle ajoûte à ce qu'on a prétendu fort délicatement, *que son oreille enfin n'entendroit que l'amour, si* c'étoit Jaffier qui lui parlat ; mais qu'il vaut mieux qu'elle l'interroge, & qu'il lui réponde. Pourquoi porte-t-il sur son visage le *sinistre nuage de l'ennui,* d'où vient que *trahissant les feux* de son épouse il la livre entre les mains d'un *Brigand détesté ?* Quel étoit *ce Senat infernal* à qui sa cruauté la sacrifioit ? *L'amour est toujours un fidele interprête.* (Pensée neuve.) *C'est lui seul qu'elle écoute, ce qui lui fait sentir, que le crime après soi traînant le repentir, c'est le premier devoir d'une épouse qui l'aime de lui en sauver l'horreur.* Elle a conçu son entreprise à ce qu'elle prétend, sans lui en donner aucune preuve, c'est être bien habile ; & lorsque Valérie devine chez la Fosse celle de son mari, c'est qu'elle a vû un amas d'armes, elle ne soupçonne même autre chose sinon qu'il veut se venger de son pere ; & comme enfin *on doit cesser d'aimer ce qu'on n'estime plus*, Jaffier dont ce mot, *achéve la ruine*, débute tout ingenument par lui dire, que dès cette nuit il est engagé par serment de tuer le pere de Belvidera & tous les Sénateurs, bien au-dessous du Servilius de la Fosse qui confirme les soupçons en négligeant simplement de les détruire ; bien différent encore dans le motif qui l'y engage. Jaffier ne paroît ici que le plus foible & le plus déraisonnable des époux, puisqu'il est même fort irrité que Belvidera pâlisse : on se doute bien qu'elle prend le parti de son pere, & bien différente de Valérie, fait à Jaffier une belle morale où il n'y a pourtant point de maximes ; mais il faut autre chose à Jaffier, & par un heureux incident, il est arrivé que Renault occupé des plus grands projets, le prudent Renault à la veille d'éxecuter la plus fameuse Conjuration, a voulu attenter à l'honneur de Belvidera qu'il a encore eu la prudence de laisser échapper. Jaffier jaloux, après plusieurs exclamations n'en conseille pas moins à sa femme de rentrer chez ce Renault, en lui promettant de r'ouvrir sa prison qu'il trouvoit si heureusement toute ouverte, en la priant de songer à s'échapper une seconde fois. SCENE III. Jaffier reste *seul pour entendre une voix qui l'appelle.* SCENE IV. *C'est celle d'un ami, dont il trahit le zéle,* parce que n'ayant rien à faire il s'étoit amusé à venir chercher sa femme : occasion de conter à Pedre l'affront qu'à voulu *lui faire Renault, dont le crime est écrit sur le front*, & qui paroît SCENE V. avec les Conjurés, pour leur dire enfin que tout est prêt. *Qu'il est des ennemis qu'on ne doit point braver*, qu'un grand cœur *outragé n'est jamais méprisable :* qu'on l'estimeroit beaucoup si ses travaux & les ressorts de son entreprise étoient bien connus ; qu'en un mot, il faut tout massacrer : sur quoi il prétend que Jaffier pâlit. Pâleur qui ne venoit pas du moins de la force des images : &, comme il ajoute : Qu'*un instant de foiblesse est fatal à la gloire, ainsi qu'à la sagesse ;*

> Que la pitié ne sert que quand on est heureux,
> Et qu'il faut triompher pour être généreux.

Comme il exige enfin un serment, qui *peut être attendri, sera regardé comme ennemi*, Jaffier s'en va fort prudemment pour donner du jeu à la VI. Scene ; car Renault s'en est fort bien apperçu ; pour Pedre il n'y songeoit pas : aussi il fait aussitôt le serment de punir celui qui seroit traitre, & Renault lui dit *d'immoler donc Jaffier. Qu'il emporte avec lui leurs projets aux Enfers.* Pedre au contraire, l'épée à la main arrête Renault ; & lui dit fort élegamment. Je sçais pourquoi *Jaffier à tes yeux est un traitre, tu le hais ; il seroit innocent, si tu n'aimois sa femme.* Et par maxime, *mais un tel criminel méconnoit les vertus.* Et après avoir rassuré les Conjurés vraisemblablement assez fâchés de cette tracasserie, il reçoit un papier de Renault *qui contient tout ;* c'est-à-dire, le plan d'éxécution de S. Real supprimé en partie d'Otway, dont le reste est défiguré ; & l'Acte finit. Vous voyez, Monsieur, sur quoi il étoit fondé, & comme il devient le nœud de la piéce

L'échappade de Belvidera ; l'heureuse rencontre de Jaffier ; la tendre facilité avec laquelle il laisse d'abord soupçonner son secret, avec laquelle il se presse de le déclarer sous le trait le plus affreux ; sous celui de l'assassinat de son Beau-pere. L'amour, sans doute, fort inattendu de Renault, pour Belvidera. La prudente rentrée de cette Belvidera dans sa prison : la prudente sortie de Jaffier d'avec les Conjurés ; & le sensible & nécessaire enchaînement de cet Acte, aux deux autres, tout cela ne forme-t-il point Monsieur, un interêt bien raisonnable, bien durable, & bien touchant ? Un trouble ménagé, qui en reculant l'événement, le fait attendre sans le laisser prévoir ; & s'augmente delicieusement de Scene en Scene. Qu'importe d'ailleurs ce qui se passe dans l'interméde ?

L'Acte IV. de l'aveu de Jaffier même, Scene premiere, commence par un miracle ; il'est avec le *digne & fatal objet de sa flamme fidèle* qui le guide dans les ténébres au Senat ; en un mot, son éloquence peu contredite, se sert pour le décider du noble moyen de l'amour de Renault pour elle : *Daigne du moins porter tes regards jusqu'à moi,* ou plutôt, *cher époux n'envisage que toi.*

> Crains que *l'affreux* Renault jouissant de son crime,
> Sous l'état renversé, ne te creuse un abysme, &c.

Aussi Jaffier est-il décidé, *l'amour* ou *le ciel*, *dont l'esprit tout à coup anime & éclaire* sa femme, lui ouvre enfin les yeux ; sa *voix* est pour lui celle de la vertu. Ils courent au Senat apparemment par quelque detour ; car on les perd de vûe. Scene II. voilà pourtant le Senat sur le théâtre ; & le Doge une lettre à la main dont on ignorera & l'Auteur & la teneur. Ce Senat fort petit en tous sens, continue la Scene III. avec Jaffier & Belvidera, dans laquelle un papier découvre la Conjuration ou le nom des Conjurés : une douzaine de Vers qui ne disent mot remplissent la Scene IV. & l'intervalle de tems qu'il faut pour aller saisir les Conjurés, qui dans la Scene V. paroissent enchaînés ; tandis que Pedre porte la parole avec une fierté qu'on aime ; & qui devient beaucoup plus touchante encore dans la Scene VI. par l'interêt de situation qui s'y mêle. D'abord l'amitié de Pedre pour Jaffier ; la honte de celui-ci ; les excuses du premier aux Conjurés, & leur commune audace. Interêt qui se soutient dans la Scene VII. amenée d'ailleurs contre la vraisemblance, qui ne laisse gueres supposer comment Jaffier arrête Pedre au passage, & qui dans la position de Pedre ne devroit point offrir peut-être de ces phrases trop compensés,

> Mais en toi qu'apperçois-je ! un perfide, un infâme ;
> *Que l'interêt anime & la crainte conduit,*
> *Que l'honneur méconnoit, & que la vertu fuit.*

& encore moins de ces ménaces qui deviennent singulieres par l'impossibilité de les exécuter.

> Sors, dis-je, ou crains enfin que hâtant ton supplice,
> Et prévenant ton sort, ma main ne s'avilisse.

Phrases & ménaces, au reste que doivent faire oublier ou pardonner ces derniers Vers, si conforme à la noblesse d'une ame grande.

Que j'accepte la vie, & pour me la laisser
Aux pieds de ton Senat que j'aille m'abaisser !
Ce dernier trait te peint à mon ame surprise,
Je croyois te haïr traître, je te méprise :
Souviens-toi du poignard qui garantit ta foi,
Et si le repentir peut aller jusqu'à toi,
Sens tout ce que tu dois à l'amitié trahie.

Je m'arrêterois cependant ici volontiers un moment pour vous demander M. ce que vous pensez de ces deux amis, en les mettant en parallele avec le Manlius & le Servilius de la Fosse, tous deux placés dans une position moins frappante, à la vérité ; mais dans une situation absolument semblable. Les passions, sans doute, prennent différentes formes suivant les différens caractéres ; mais la vraie grandeur d'ame ménage peut-être encore l'amitié, lorsqu'elle dédaigne la trahison ; elle cherche à confondre, sans chercher à humilier. Dans l'Anglois, Pierre donne un soufflet à Jaffier. Qu'attendez-vous au reste de Jaffier, après l'adieu de Pedre ; après qu'il ne peut douter qu'il ne refuse sa grace ? Etoit-ce le Monologue qui fait la Scene VIII. qui finit par cette apostrophe :

Et toi qui d'un ami dois servir la vengeance,
Dans l'état où je suis ma derniere espérance :
Fer fatal ! c'est à toi de remplir mon destin ;
Quand je t'invoquerai ne trahis point ma main.

Cependant, SCENE IX. il apperçoit Belvidera, & la prie de le secourir si *son ame affermie apperçoit sans horreur toute son infamie. Pedre le méconnoit, le méprise, l'abhorre.* Belvidera qui ne doute point que ce ne soit-là ce qui le fâche lui répond : *Pardonne à ton ami, tu seras trop vangé ; le Senat le condamne.* Jaffier montre tous les symptomes d'une fureur qui commence ; *Quoi ! tu ne fremis point, dit-il* à sa femme ? ... *Crains ma main dans cet affreux moment : N'importe,* répond Belvidera, peut-être un peu fanfaronne en cette occasion, *c'est toujours celle de mon amant ;* car comme son époux n'a eu jusqu'ici d'autre caractère que l'impression des premiers mouvemens, & comme il s'avise de continuer par degrés celui du désespoir ; *comme la rage, la vengeance, occupent tout son cœur,* & que le peril de son épouse commence ; elle s'écrie, *infortunée où fuir ?* .. Mais *ses soupirs sont vains, il* ne voit plus *que Pedre expirant par ses mains, déchiré, sanglant,* il voit ses *peines effrayer des bourreaux, les ames inhumaines.* Mais comme il retrouve un peu de bon sens en lui rappellant le serment qu'il avoit fait à Renault, au moment qu'il leve le poignard sur elle : *Accomplis,* lui dit-elle, *termine mon destin,* frappe ; *Je t'aime encore en mourant de ta main.* Vous devinez bien l'effet de ces douces paroles ; le poignard est jetté, leur charme défend *cette aimable enchanteresse d'une main vengeresse ;* Belvidera *connoît la tendresse* de son époux *à cet effort insigne,* & lui promet bien de revenir s'exposer à toute sa fureur si elle ne change avant la fin du jour le sort de ses amis. Ajoutez ce Vers assez peu expliquable de Jaffier : *Va, fuis, ô terre ! ô cieux ! pardonnez ma foiblesse !* Vous avez tout le IV. Acte : je n'y joins qu'une réflexion : c'est qu'il faut remarquer qu'il n'y a raison qui tienne contre l'impression que l'objet présent d'un poignard fait sur les sens ; réflexion sans laquelle cette belle IX. Scene deviendroit peut-être comique, tant il est extravagant que Jaffier s'en prenne, de sa propre foiblesse, à une femme qui le subjugue entiérement,& que tandis que Belvidera joue tour à tour l'intrepidité,la timidité,la tendresse ; il gouverne si bien la passion qui le posséde, qu'il l'avertit long-tems de fuir, ne tire le poignard qu'au moment qu'elle a peur, & sçait encore s'appercevoir de la douceur d'un regard au moment le plus critique de sa furie.... Que Servilius, que Valérie sont differens !

ACTE V. Imagineriez-vous, Monsieur, ce qui s'est passé dans l'entre-acte ? Belvidera a été conter à son pere, à Priuli ce Sénateur que vous avez vû dans la premiere Scene du premier Acte, & des dispositions duquel vous vous souvenez peut-être,que Jaffier son époux a voulu la tuer : c'est une suite de cette conversation qui ouvre ici la premiere Scene ; j'en passe le détail, & même ce beau Vers, si singulierement généalogique. *Le feu de l'âge est pere des erreurs* : pour en venir au petit rayon d'interet qui se montre & s'évanouit comme un méteore fermé & dissipé au hazard. *Ton époux, me dis-tu,* dit Priuli à sa fille, doit *vanger par ta* mort, *celle des Conjurés, si leur funeste sort n'est changé par mes soins .... J'entreprends de les sauver, si rentrant dans le sein d'une illustre famille tu m'éconnois Jaffier & redeviens ma fille.* Belvidera répond, qu'elle *court au trépas;* & c'est le motif de la réconciliation de son pere avec elle ; réconciliation qui s'annonce sous un tour trop finement ingénieux, peut-être, par ces termes de Priuli :

> En voyant ton amour, je vois que ton vainqueur,
> Malgré tous mes soupçons est digne de ton cœur ;
> C'en est fait je me rends....

Mais aussi sous des termes d'autant plus justes du côté du bon sens que toute l'ancienne Scene de Priuli avec Jaffier, n'indiquoit aucuns soupçons qui pussent lui faire croire que Jaffier n'étoit point digne du cœur de sa fille. Reconciliation enfin qui ne gagneroit pas assurément à être comparée à celle que Valerius fait dans la Fosse, avec Servilius, fondée sur l'amour de la Patrie ; non plus que la proposition qui la précéde, à être comparée pour l'emplacement sur-tout à celle que le même Valerius fait à Servilius, d'abandonner les interets de Manlius son ami. Vous sentez que la Scene II. ne peut être qu'un Monologue : c'en est un en effet, où Belvidera se livre à un *espoir charmant*, qu'un noir *pressentiment* viendroit cependant *troubler* en elle si elle ne sçavoit par cœur,

Qu'un pere est toujours pere ; & quand son cœur pardonne ; malheureux mille fois celui qui le soupçonne ; Mais elle ne songe pas qu'il ne s'agit pas ici de la bonne-foi d'un pere qui pardonne ; ni qu'il est fort inutile de se tourmenter auprès du Sénat pour obtenir une grace ; & je ne conçois pas comment Jaffier ni elle depuis deux ou trois Scenes, non plus que dans celles qui suivent, ne veulent pas se souvenir qu'au moment de la Conjuration découverte, dans le IV. Acte, le Doge avoit dit aux Conjurés, *le Senat vous fait grace ;* que Pedre qui parle au nom de tous l'avoit refusée ; que le même Doge l'avoit même pressé une seconde fois par ces Vers,

> Pour la derniere fois, crains nos cœurs irrités ;
> Le pardon ou la mort, choisis...

Et que Pedre avoit répondu : *la mort*. Qu'ainsi ils ne font plus rien qu'à gauche ; puisqu'assurement Pedre n'a point changé de sentiment, & c'est par cet oubli inconcevable de leur part qu'on ne sçait ni à quel propos ils s'agitent, ni où ils en sont, ni où l'on en est. A tout hazard, pourtant, comme le Monologue de Belvidera ne pouvoit finir que par l'arrivée de quelqu'un, Jaffier arrive, SCENE III. Et lui apprend sans qu'on sçache comment il l'a appris lui-même, que *la tardive clemence* de Priuli *veut en vain du Senat revoquer la Sentence*. Belvidera revient encore s'abandonner à la merci de Jaffier, & cet endroit est à mon gré celui de tous où sa tendresse plus raisonnable, plus noble, plus touchante me la fait cherir davantage. Jaffier, qui jusqu'à présent n'avoit été qu'une girouette qui s'agite à tout vent intéresse enfin & mon estime & mon cœur ; sa douleur plus réflechie, plus sourde, & sans doute plus cruelle ; mais telle qui convient à une ame noble, attendrit infiniment la mienne ; j'oublie volontiers la singerie du coup de cloche qui s'entend dans l'éloignement pour m'écrier avec lui : *O ciel ! ô mon ami ! ah Pedre ! sons affreux, vous m'appellez aussi ;* mais c'est avec regret que je me sens arraché à cette situation par le bel-esprit déplacé de Belvidera, qui dans une priere au ciel apparemment fervente, fâchée de voir *l'Amour succomber dans le cruel combat* qu'elle essaie de donner aux nobles résolutions de son époux, fait la métaphysicienne, demande au ciel ;

> Le talent enchanteur,
> De parler à l'esprit par *l'organe* du cœur.

& jargonne *sur une main qui ne sera point perfide, si l'espoir qui la guide la trompe :* Espoir, qui comme vous sçavez, consiste à mouvoir par l'organe du cœur, l'esprit du Senat à accorder la grace à Pedre qui n'en veut point ; & qui par la Scene IV. fort attendrissante, sans doute, du côté de la situation, me fait observer combien il seroit beau, sans contredit, de mettre en action certains momens ; mais aussi combien il est difficile de le faire avec justesse. Pedre qu'on mene au supplice est obligé, en effet, d'abord de s'entretenir avec ses gardes ; Jaffier qui l'apperçoit est obligé de les écarter avec assez peu de vraisemblance ; mais aussi ces obstacles levés, l'interêt devient bien plus vif du côté de la situation seulement, comme je l'ai dit, ce n'est pas que Jaffier désesperé, Jaffier aux pieds de Pedre, n'ait bien le vrai ton de *l'horreur & des regrets dont son ame est troublée ;* mais cet éblouissement, & l'air de tendresse & de fermeté d'ame ne m'empêchent pas de remarquer désagreablement dans Pedre un bel esprit tranquille qui analyse des sentimens : lorsqu'il répond à Jaffier,

> Tu sens trop tes remords pour n'être pas sincere,
> Tu m'aimas, je le sçais, l'amour seul t'a seduit ;
> Il a creusé l'abysme où ta main m'a conduit !
> Ta foiblesse à mes yeux seroit moins pardonnable,
> Si tu t'en prévalois pour être moins coupable :
> Tu ne t'excuse pas, tu n'es plus criminel,
> L'austere honneur condamne, & l'amitié pardonne.

Et ce n'est qu'après ce Vers qu'il rentre lui-même dans le vrai ton qui lui convient, qu'il mérite les transports de son ami, qu'il adoucit sa douleur, qu'il modere ses projets; qu'il lui insinue seulement de lui sauver la honte de l'échafaut. Qu'enfin telle est la Scene derniere que je crois devoir copier.

Un Officier. Seigneur? . . . .
Pedre Je vous entends.
Jaffier à l'Officier, Arrêtez; le Senat
Ne se souillera point d'un si noir attentat.
Est-ce en vain qu'à ses pieds mon Epouse tremblante
Daigne implorer.
L'Officier. Seigneur, je l'ai vû expirante.
Sa main d'un coup mortel . . . . .
Pedre à l'Officier. Je vous suis . . . . O Jaffier . . . .
Jaffier. Je t'entens. L'amitié doit-elle supplier
Pedre? . . . . En mourant, du moins tu vas me reconnoître.
Embrassons-nous. Meurs libre, & sois vengé d'un traître.

C'est-là le grand coup, Monsieur, l'endroit des fremissemens, une de ces nobles hardiesses que notre Théâtre ne sçauroit trop adopter, mais que le goût doit craindre d'outrer, & dont l'impression capable d'émouvoir extraordinairement l'ame par-là, celle qu'elle fait sur ses sens ne peut entiérement la sati faire, qu'autant qu'un heureux choix d'incidens, de passions, d'interêts, lui conservent cette émotion, & ne la bornent point à une rapide secousse. Qu'est-ce que Jaffier pouvoit faire que de poignarder son ami? & de se poignarder lui même. Les plaignez-vous? Les admirez-vous? Quelle sorte de sentiment enfin cette violente secousse, laisse-t-elle dans votre ame? Rappellez-vous la mort de Servilius & de Manlius. Vous admirez Servilius, & il vous attendrit; Valérie qui reste continue votre interêt, & la mort qu'elle se donne, vous laisse encore une tristesse délicieuse.

Voyons à présent si ce sujet tel que nous l'avons dans *Venise sauvée*, étoit susceptible d'être mis au Théâtre. Ces personnages sont presque tous présentés sous des faces désavantageuses: les Conjurés sont des scélérats; n'eussent-ils à se reprocher que l'injustice & la cruauté de leur projet; Priuli est un pere injuste; Belvidera une fille désobéïssante; Jaffier lui même n'est qu'un homme foible, incertain, un traître prêt à être cruel, & qui ne se détermine peut-être enfin à être généreux que parce que sa femme ne vit plus: le Sénat nous interesse fort peu, de même que la République. Voilà donc pour la digni é des personnes; il est vrai que quelquefois des particuliers par la grandeur de leurs interêts tels que les Horaces, & les Curiaces que vous citez à ce sujet; & par la singularité de leur position peuvent illustrer la Scene; mais ce n'est ni Pierre, ni Jaffier, ni Renault; c'est Manlius, Servilius, Rutile.

Il ne nous reste donc plus qu'une ressource dans notre sujet; c'est de le regarder comme un événement extraordinaire, on ne peut en disconvenir; mais il falloit nous le présenter sous une autre face. Je vois sur l'Affiche *Venise sauvée*; le seul titre m'en apprend le dénouement, ce que vous condamnez très judicieusement dans votre 23. Réflexion. J'entre cependant à la Comédie pour voir par quel détail on y parviendra.

Et dès la III. Scene qui me présente une lueur de Conjuration, je vois *Venise sauvée*, & comment, & par qui; il falloit donc préférer à ce titre celui *de la Conjuration de Venise* de S. Real, parce qu'une Conjuration peut réüssir ou échouer: & en voilà assez pour former un interêt d'autant plus grand que celle de Venise avoit é é déclarée en partie cinq fois sans être approfondie. L'Episode de Spinosa reservé pour le IV. Acte, eût pû fournir la plus grande situation que nous ayons encore vû sur le théâtre; y a-t-il, en effet, rien de si surprenant qu'un Chef de parti aux abois, qui ne trouve plus d'autre ressource pour sauver sa Conjuration que de perdre un de ses Conjurés, & de le citer au Sénat comme un espion du Duc d'Ossonne qui cherche à conspirer contre la Republique. La recrimination de ce même Spinosa contre son accusateur, & la défense du Capitaine qui se justifie aux yeux de ses Juges, & par les exploits qu'il vient de faire, & par tous ceux auxquels il se prépare: tout ce contraste eut produit sans le secours de l'amour un interêt peu commun; car je pense, Monsieur, que tout Auteur qui veut d'une Conjuration faire une piéce Dramatique, doit la conduire de façon que malgré le motif presque toujours injuste qui la fait naître, on soit contraint d'en souhaiter le succès, & que les incidens qui surviennent produisent sur votre esprit les mêmes craintes que sur l'esprit même des Conjurés. S. Real y a réussi dans un simple Roman historique, & sans cette passion qui est la base essentielle de tout interêt parmi nous. Ce n'est pas que je croie impossible de donner un rôle à l'Amour dans une Conjuration ; mais il n'y a qu'une seule façon de l'y introduire ; il faut, comme dans Cinna, que l'amour lui même soit Auteur de la Conjuration ; mais qu'il y soit soumis, & ne forme que le second interêt. Le personnage de la belle Grecque se présentoit naturellement dans S. Real pour remplir le rolle dont il s'agit. On pouvoit même le rendre différent, & peut-être supérieur à celui d'Emilie. Celle-ci n'avoit que son pere à venger long tems après sa mort, & notre Grecque avoit l'outrage fait à sa vertu, le sang de son pere & le refus du Sénat à lui en faire raison. Une misere affreuse où l'avoient reduite son voyage, & ses poursuites, & l'extremité où l'avoit plongée sa misere. Que de moyens en écartant néanmoins par un effet de l'art son état & sa profession, que de moyens, dis-je, pour varier son caractere, & pour ajouter de nouvelles beautés à l'action. Jaffier auroit été entraîné par son amour pour la belle Grecque dans la Conjuration. La Grecque l'eût aimé, si l'on veut ; mais Jaffier né compatissant & vertueux, après avoir combattu long-tems en faveur de l'amour se fut laissé fléchir par la pitié, & n'eût pas pû résister à l'image de Venise fumante & saccagée : par ce moyen tout rentroit dans les régles de nos grands maîtres, & de la raison, l'amour n'auroit eu que le second rang, comme une foiblesse dont la vertu triomphe à la fin. Jaffier qui n'est qu'un lâche & un traître en fût devenu vraiment le Héros, & loin de s'attirer notre mépris eût mérité notre admiration. L'amitié qui joue un si beau rolle entre Pierre & Jaffier pouvoit aussi trouver sa place & suffisoit toute seule pour rendre Pierre interressant. On lui auroit donné en outre la qualité d'Envoyé du Duc d'Ossonne, & conservé le reste de son caractere, & de sa position. J'aimerois encore assez qu'on nous détaillât quelques-uns de ses exploits, comme l'a fait M. de la Fosse de Manlius ; il nous apprend que ce Romain a autrefois racheté de ses propres deniers 400 Citoyens retenus pour dettes en prison, sauvé la vie à d'autres, remporté dix couronnes, forcé des murailles, & repoussé à lui seul les Gaulois du Capitole : il nous avoit dit auparavant pour nous indisposer contre l'ingratitude du Sénat qu'il avoit pris son parti contre le peuple, ce qui prouve qu'il pouvoit être l'arbitre entre deux corps aussi puissants Et quel homme ce trait seul ne nous peint-il pas ? Pour ce qui est de Pierre, sa sortie contre les Uscoques, ses différens combats contre les Turcs, & ses continuelles victoires pouvoient suffisamment nous le faire connoître ; & l'on eût suivi la même régle pour Jaffier : mais nous voyons dans la piéce nouvelle une foule de gens étrangers à l'Etat qu'ils veulent abattre sur le vain prétexte que les Grands vexent les petits. Ne les prendriez-vous pas, Monsieur, pour autant de Dom-Quichotte, ou de Chinois qui viendroient en Europe avec le dessein de déthrôner quelques Souverains dont le peuple n'auroit pas à se louer. A l'égard de Renault j'aurois suivi le portrait qu'en fait S. Real, & il eût pû produire un demi scélérat d'une nouvelle espéce, interressant toutefois par son ambition même, c'est-à-dire, par l'étendue de son génie, & son indifférence pour la mort.

De cette maniere, les caracteres eussent été plus vrais, & plus supportables, car exceptez-en celui de Dom-Pedro qui trouve l'art de m'interresser par le masque de la grandeur & de la vertu, & par sa qualité de véritable ami, assez bien soutenue tous les autres ne sont pas un seul instant ce qu'ils devroient être. Belvidera même qui cherche à se montrer une chaste & tendre épouse, & une bonne Citoyenne, manque son but, en voulant *aller à l'esprit par l'organe du cœur* : elle ne s'apperçoit pas qu'elle se donne la torture pour prendre une autre route, & qu'elle *seme tant de pointes sous ses pas, qu'elle est arrêtée en chemin* ; elle ne réussit gueres mieux à se montrer bonne Citoyenne. Je ne vois dans sa colére qu'une femme curieuse du secret de son mari, & offensée de son peu de confiance. Valérie dans M. de la Fosse, me présente bien un autre caractère ; elle sçait allier par-tout un cœur vraiment Romain, avec la qualité d'épouse tendre, & se montre bien superieure à Belvidera. Ce n'est pas tout-à fait de même de Servilius. J'avoue ici à la gloire d'Otway que le Jaffier de la piéce Angloise l'emporte, & sur le Jaffier moderne, & peut-être sur Servilius. Il remplit votre maxime, Monsieur, qui défend aux Héros d'avoir tort. Otway a trouvé le secret de le justifier, & de faire prendre de l'estime pour un traitre. S. Real qu'il a suivi pas à pas, lui a été d'un grand secours, le seul tort que j'impute à Jaffier, & c'en est un, c'est d'avoir remis sa femme entre les mains d'un nombre de gens sans aveu, & dans la maison d'une Courtisanne. Monsieur de la Fosse qui est venu après Otway a évité cette indécence en se servant de la maison de l'ami intime de Servilius : je veux dire de Manlius, pour être le dépositaire de Valérie sa femme. Dom Pedro représentoit ici Manlius; & je m'étonne que la même idée ne soit pas venue à Otway ou à son Traducteur. Du reste, Renault est beaucoup inferieur à Rutile, & Rutile l'est encore à son Original. Manlius est au-dessus de Pierre, quoique celui-ci joue le Héros, & le joue bien. Pour ce qui est de Valerius, il n'a pas grand peine à effacer le Sénateur Vénitien. Ce seroit ici le moment de vous parler des autres personnages de la piéce Angloise que M. de la P. a cru devoir supprimer dans la sienne, ces personnages sont le Marquis de Bedmar, Ambassadeur d'Espagne; son rolle quoique fort court est déplacé; & sa présence contredit l'idée que S. Real nous donne de sa politique; ainsi c'est avec raison qu'on l'a renvoyé dans son Hôtel observer les Conjurés. La fameuse Grecque que l'Auteur appelle Aquilina & à laquelle on n'a laissé du Portrait de S. Real que le manége, & la bassesse de sa position, & un certain Sénateur du Conseil des Dix nommé D. Antonio; c'est à proprement parler la duppe & le bouffon de cette Tragédie. On l'a formé sur le modéle du Pantalon de la troupe Italienne; il est mis là pour faire rire d'abord, & ensuite comme membre du Conseil des Dix pour hâter la condamnation de Pierre son rival, dont il entretient Aquilina sa maitresse. Voici, Monsieur, quelques traits d'une scene qui se passe entr'eux, la plus ridicule & la plus indécente que les anciens & les modernes ayent jamais mis sur le theâtre.

ACTE II. SCENE II. Aquilina, par un caprice assez familier à celle de son état, est de mauvaise humeur; elle ne veut point de la visite d'Antonio; le Sénateur ne laisse pas que d'entrer, & son début annonce d'abord une bonne grosse proposition, qu'Aquilina refuse: la Courtisane qu'il ennuye, le traite de sot, de ratier, & le plaisante sur sa vieillesse; le vieux Pantalon malgré ses 61 ans, promet d'agir en jeune homme; une suivante d'Aquilina le gêne; il la met à la porte, & secoue ensuite une bourse de séquins; la Grecque goûte cette sorte d'éloquence; elle appelle le Sénateur Illustrissime; les voilà presque d'accord. Elle ne veut pourtant pas s'asseoir à côté de lui, & se fâche tout de bon, & ses mugissemens imitent le taureau. Aquilina s'assied; il se met à côté d'elle à sa merci, la laisse la maitresse de lui cracher au visage, trop content d'être même son chien, après quoi il lui abandonne la bourse. La Courtisane s'en saisit, & le prie de la débarasser de sa personne le plutôt qu'il pourra; il passe sous la table, d'où il aboye. La Grecque lui donne des coups de pied, & envoie chercher un fouet & des grelots pour lui attacher au col; en attendant il lui mord les jambes, tandis qu'elle le *fouaille*. Enfin elle le fait sortir à force de coups; il s'arrête à la porte, d'où il aboye encore; mais deux laquais l'en chassent entierement, & l'un d'eux va chercher Pierre par ordre de sa maitresse. C'est par cette petite circonstance que cette Scene, qui est absolument hors d'œuvre, rentre dans l'action.

Il y a encore quelques autres personnages ou muets ou de fort peu d'intérêt; de ce nombre est un certain Eliot, qui est sans doute le même que le Haillot de S. Real, qui conduisoit la flote du Duc d'Offonne. Dans un bout de Scene où il arrive trop tard au rendez-vous, Renault lui fait un reproche assez plaisant; il lui dit qu'un Anglois devroit toujours être des premiers dans une trahison; mais qu'une Courtisane, un bon feu, la molesse, & une excellente piece de bœuf, sont les seuls objets dignes de son amitié; Eliot ne lui répond autre chose, si non qu'un François est toujours impertinent. Voilà qui peint les mœurs, Monsieur. Pour le dernier Acte, c'est un chef-d'œuvre d'irrégularité; la Scene y change cinq fois: elle paroît dabord chez Priuli; on la transporte de-là chez le Sénateur Antonio, ensuite à la demeure de Jaffier, après cela dans une place publique, où l'on voit un échafaut, une roue destinée au supplice de Pierre, qu'un Officier & des gardes amenent, suivi du Bourreau, d'un Confesseur, & de la populace; & enfin après la mort des deux amis, elle revient encore chez Priuli, c'est l'affaire d'un morceau de toile, & de quelques mesures de simphonie: il se passe au pied de l'échafaut une Scene impie entre Pierre & son Confesseur, où ce dernier n'a pas beau jeu, parce que l'Auteur ne lui laisse dire que ce qu'il juge à propos. Jaffier accourt auprès de son ami: & je voudrois que les bornes de ma Lettre, qui est déja horriblement longue, me permissent de vous traduire ici toute la Scene qui se passe entre eux; elle est d'une beauté achevée: on n'a jamais peint l'amitié avec de si belles couleurs; enfin le dénouement se passe sur l'échafaut, à peu près de la même maniere que dans la Piece Françoise, une seule chose m'y déplaît, c'est que Jaffier attend pour poignarder son ami que le bourreau l'ait dépouillé & lié. Je sens bien que cette petite circonstance suspend le dénouement ; mais dès qu'il vouloit épargner la honte de Pierre, il ne pouvoit le faire trop tot, son service ne fût pas demeuré imparfait ; car de cette maniere, l'ignominie du Capitaine n'est pas entiérement sauvée : j'eusse été plus hardi, & je les aurois fait poignarder au pied de l'échafaut. Vous observerez en passant, Monsieur, que c'est ici un de ces dénouemens dont vous parlez dans votre 53. réfléxion, & qui ne doit pas être compté au nombre des fins malheureuses, puisque les deux Héros y font eux-mêmes leur destinée, & préviennent celle qu'on leur prépare ; aussi dans ce moment tout le monde se reconcilie avec Jaffier, pour l'amour de Pierre. La Scene change encore ici, comme je l'ai déja dit, & ferme sur les cadavres, pour passer dans la maison de Priuli. Belvidera en frenesie, & conduite par ses deux suivantes, appelle son Epoux de toutes ses forces ; l'ombre de Jaffier lui apparoît ; elle lui adresse la parole, & la montre a son Pere, à qui l'Officier vient rendre compte de la mort généreuse des deux amis. Cette même ombre qui avoit disparu, reparoît ; mais unie à celle de Pierre, & toute ensanglantée. Belvidera les reconnoit, & les appelle ; & comme l'ombre s'enfuit, elle dit à son Pere qu'elle se sent attirer, & meurt. Je m'attendois pour rendre le carnage complet, que Priuli se donneroit aussi la mort ; mais il se contente de l'attendre dans une espece de sépulcre, tendu de noir, d'où il ne veut sortir de sa vie. Quoique le genre de mort de Belvidera soit merveilleux, je ne serois pas éloigné de ceux qui voudroient l'introduire parmi nous : il n'est pas surnaturel ; la violence d'une douleur excessive peut glacer les sens, & nous étouffer. Le grand Corneille l'a osé dans Surena. M. de la P. fait mourir Belvidera derriere le Théâtre, & avant Jaffier : c'est une liberté qu'on peut lui reprocher, & qui dégrade la résolution de Jaffier, lequel n'a pas un grand mérite à mourir dès que sa femme, son unique & tendre espoir, s'est tuée elle-même. Otway, que la Fosse a suivi, l'a fait survivre, pour relever le prix de son sacrifice.

Pour achever de vous peindre nos Auteurs, je devrois, Monsieur, vous dire un mot de leur style. Celui d'Otway, qui vise ordinairement au sublime, & ne s'y soutient jamais, est plein de méthaphores & de pointes ; son traducteur lui est demeuré un peu trop fidellement attaché. Il n'a pas été non plus fort délicat pour la rime ; elle est foible par tout, & suit assez le nouveau systême : n'est-il pas dangereux qu'avec le mauvais goût du Théâtre Anglois, les Vers blancs ne s'introduisent aussi peu à peu, & que les hardiesses tragiques ne nous amenent de la Tamise & & du Po, la roue & le gibet : nous avons déja bien fait du chemin depuis les Horaces, où le grand Corneille votre Oncle, à genoux dans une humble Préface, demandoit pardon au lecteur ou au spectateur d'avoir ensanglanté la Scene, & en rejettoit la faute sur l'actrice qui n'avoit pas fui assez promptement, pour ne tomber que dans la coulisse.

J'ai eu l'honneur de vous dire, Monsieur, que la Piece d'Otway avoit précédé d'environ 16 ans celle de M. de la F. Cette datte est précise. Quelle raison peut donc engager M. de la P. à la reculer jusqu'en 1672 ou 73, & à se plaindre de l'obscurité de cette époque en dépit de toutes ses recherches. Voici quel a été en un demi quart d'heure le fruit des miennes. J'ouvre la Tragédie d'Otway, dédiée à la Duchesse de Porsmouth. Le Titre seul de Duchesse m'éclaire, parce que l'histoire m'a dit que Mademoiselle de Queroualle n'en fut décorée qu'à la fin de l'année 1674, époque qui me rend déja Otway presque postérieur à S. Real. Vers les dernieres lignes de la Dédicace se présente ensuite l'Eloge du jeune Duc de Richemond, fils de cette même Duchesse ; le Poete y parle *de ses agrémens*, de *ses vertus naissantes*, *de toutes ses heureuses dispositions, en un mot*, à devenir un grand Prince, ce qui ne suppose pas un enfant au maillot, mais qui a au moins 6 ou 7 ans. Pour m'en assurer, j'ai de même recours à l'Histoire, qui me dit positivement que ce jeune Prince fut fait Chevalier de la Jarretiere en 1681, âgé de 9 ans, & cette autorité assure ma conjecture.

Il est vrai, Monsieur, qu'on pourroit pousser la mauvaise humeur jusqu'à prétendre que la Piece Angloise n'a été imprimée que bien des années après sa représentation ; n'importe, je ne me tiens pas pour battu, cette datte m'interesse trop pour mon cher S. Real : je pourrois alléguer que M. Nani, qu'on nous donne comme la source d'Otway, n'a dit que deux mots en courant de notre Conjuration, & qu'il n'est pas vraisemblable que l'Historien ait pillé le Poete ; mais passons à un dernier témoignage plus autentique, je veux dire à l'épilogue ; il datte nécessairement à cause des particularités qu'il renferme, du jour de la premiere représentation. Qu'est-ce que nous y voyons ? Au 24e Vers, un trait horrible des factieux ; ils porterent la rage jusques sur le Portrait du Duc d'Yorck en son absence, lequel ils déchirerent à coups de poignard. Le Poete ajoute ensuite presqu'à la fin, *Que chaque bon cœur s'éveille donc avec indignation, & s'unisse pour prendre le parti de ce Prince, à qui l'on a fait injure, jusqu'à ce que l'amour du Roi & sa bonté le rappellent, & que des chants de joie & de triomphe célebrent son retour....* Le premier trait nous suffit, il fut occasionné par un Bill de la Chambre Haute, qui en cassoit un autre de la Chambre Basse, par lequel ce Prince étoit exilé à 500 milles d'Angleterre. Les factieux, comme je l'ai dit, outrés de ne pouvoir assouvir leur haine sur la personne du Duc d'York, se vengerent sur son Portrait. Le Roi son frere cependant pour calmer les esprits, lui conseilla de s'absenter pendant quelque tems du Royaume. La lettre de Charles II. à ce sujet, est du 2 de Février 1678. Le Duc d'Yorck partit le 3 de Mars; il passa à Bruxelles d'abord, & de-là en Ecosse, d'où le Roi le rappella à Londres le 2 Septembre 1679; la datte donc de *Venise sauvée* doit être prise dans l'espace de ces 18 mois, & même sur la lueur de retour dont parle Otway, on pourroit la fixer ou à la fin de 78, ou au commencement de 79.

Ai-je eu raison, Monsieur, d'avancer qu'il falloit au plus un demi quart d'heure pour débrouiller ce prétendu cahos, après avoir lû la Dédicace & l'Epilogue d'Otway? Il suffisoit d'ouvrir l'histoire de Rapin de Toiras aux noms de Porsmouth, de Richemont & d'Yorck, & l'on eût saisi sur le champ une anecdote fort simple, dont le Traducteur d'Otway n'a pu venir à bout, *quelques recherches qu'il ait faites.*

Mais quand même cette datte ne seroit pas constante, nous ne douterions pas à la lecture des deux Pieces, que le dernier n'ait copié l'autre; il y a toujours une regle certaine pour démasquer la verité de ces ressemblances problématiques, & on la trouve aisément en séparant ce qu'ils ont pris de la même source, de ce qui n'est que de leur invention. Si ceci se ressemble parfaitement, & sur-tout dans les détails, c'est sans contredit le moderne qui a pillé l'ancien. Manlius, Servilius, Rutile. Voilà Pierre, Jaffier, Renault, de S. Real, mais Valerius, Valérie, l'un Consul, l'autre sa fille, même séduction de Servilius, qui oppose les mêmes services rendus, même proscription du Sénat, même adresse de Manlius, même traits mot à mot pour l'engager dans la Conjuration. Valérie mise en dépôt, sollicitation égale de part & d'autre pour fléchir le Pere & le Sénat, même coupure de Scenes; cela n'est point équivoque, & il seroit aussi impossible de se persuader que M. de la Fosse n'a pas connu la Piece d'Otway, qu'il sera difficile à la posterité, de croire que M. de la P. n'auroit pas connu la Fosse; mais le premier a embelli son Original, & l'autre quoiqu'il l'ait rectifié quelquefois, ne l'a pas toujours annobli: il ne s'est pas apperçu qu'en supprimant, comme il a fait, 12 Scenes de son original, & en élagant encore les autres, il rapprochoit trop certains faits de son action, qui se trouve trop serrée par ce moyen, & qu'il laisse Jaffier presque continuellement sur la Scene. Il ne s'est pas apperçu non plus, que de Manlius, qui est le héros de la Fosse, il faisoit son D. Pedro, qui n'est qu'épisodique dans *Venise sauvée*, & que Jaffier qui devroit être son héros, s'en ressent, & en demeure avili. Ce même dessein lui a fait aussi quelquefois choquer la vrai semblance, pour ôter à Jaffier une partie des belles choses qu'il dit dans Otway, & les rejetter sur le compte de Pierre. Que ne nous donnoit-on la Piece d'Otway comme Corneille nous donnoit celles de Sophocle, & c'est ce que M. de la Fosse avoit déja fait avec goût, ou si l'on vouloit nous montrer l'imitation de ce dernier, il suffisoit de l'Extrait à la suite du Théâtre Anglois.

Je suis avec un respectueux attachement,

MONSIEUR,

Votre, &c. J. O. U. R. D'AN.

A Paris le 12 Janvier 1747.

Faute à corriger.

Pag. 9. lig. 49. elle a été imprimée quelques années après & dédiée à Madame, *lis.* imprimée & dédiée à Madame.

APPROBATION.

Lû & approuvé, ce 21 Janvier 1747. CRÉBILLON.

PERMISSION.

Vû l'Approbation du Sieur Crébillon, permis d'imprimer, à la charge d'enregistrement à la Chambre Syndicale, ce 24 Janvier 1747. MARVILLE.

Registré sur le Livre de la Communauté des Libraires & Imprimeurs de Paris, N°. 3126, conformément aux Réglemens, & notamment à l'Arrêt du Conseil du 10 *Juillet* 1745. *A Paris le* 31 *Janvier* 1747.

G. CAVELIER Pere, Syndic.

www.ingramcontent.com/pod-product-compliance
Ingram Content Group UK Ltd.
Pitfield, Milton Keynes, MK11 3LW, UK
UKHW020515180726
13839UKWH00005B/2103

9 782329 372754